내 가 그 대 를 잊 으 면

트루먼 커포티

Truman Capote, 1924. 9. 30~1984. 8. 25

1924년 9월 30일 뉴올리언스에서 '트루먼 스트렉퍼스 퍼슨스'라는 이름으로 태어났다. 네 살 때 부모의 이혼으로 앨라배마 주 먼로빌의 친척집에 맡겨졌고, 이곳에서 커포티가 어린 시절의 진실한 친구로 표현하는 사촌 '숙'과 소꿉친구 '하퍼 리'(《앵무새 죽이기》의 작가)를 만났다. 아홉 살 무렵 쿠바인 사업가인 새아버지의 성을 따라 '트루먼 커포티'라는 이름을 가지게 되었다. 고등학교 때 문예지 《뉴요커》에서 사환으로 일하며 본격적으로 소설을 쓰기 시작했으나, 사소한 실수로 시인 로버트 프로스트의 심기를 건드려 해고당했다. 그러나 몇 달 뒤 단편 〈미리엄〉이 잡지 《마드무아젤》에 실리고 이후 다른 작품들이 연달아 유명 잡지에 발표되면서, 한때 사환이던 스무 살 청년은 순식간에 '전후 세대 미국 문단을 이끌어갈 총아'로 떠올랐다. 1948년 단편 〈마지막 문을 닫아라〉로 '오 헨리상'을 수상했고, 같은 해 출간한 첫 장편 《다른 목소리, 다른 방》은 독특한 성장소설로 주목을 받으며 뉴욕타임스 베스트셀러에 올랐다. 어린 시절의 추억을 시적 언어로 그려낸 두 번째 장편 《풀잎 하프》(1951)는 브로드웨이 연극과 뮤지컬, 영화로 제작되어 대중적 인기를 누렸다. 이후, 미국 문학사에서 가장 특이하고 매력적인 여주인공을 창조해낸 《티파니에서 아침을》(1958)로 '우리 세대 가장 완벽한 작가'라는 찬사를 받았고, 이 소설은 오드리 헵번 주연의 동명 영화로도 만들어져 그 유명세를 더했다. 그리고 1966년, 캔자스 홀컴 마을에서 있었던 실제 살인 사건을 수년간 조사한 끝에 완성한 대작 《인 콜드 블러드》를 발표해, '논픽션 소설'이라는 새로운 장르를 개척함과 동시에 "20세기 소설의 지형도를 바꾸었다"는 찬사를 받았다. 《인 콜드 블러드》의 성공으로 엄청난 부와 명성을 거머쥔 뒤 스타 작가로서 화려한 삶을 살았지만 불행하게도 커포티 개인의 삶은 무너져 내렸고, 1984년 알코올 중독과 약물 중독으로 사망할 때까지 새로운 작품은 출간하지 못했다. 그 후 30여 년이 지난 2015년 뉴욕 공립도서관에서 커포티의 10대 시절 단편들이 발견되면서 미국 문단이 들썩였다. 이 작품들은 《내가 그대를 잊으면: 트루먼 커포티 미발표 초기 소설집》(2015)으로 출간, 훗날 꽃피는 커포티 문학의 모든 원형과 함께 어린 천재 작가가 어떻게 자신의 재능을 수련했는지 목도할 수 있는 작품집으로 사랑받고 있다.

내가 그대를 잊으면

트루먼 커포티 미발표 초기 소설집

TRUMAN CAPOTE

트루먼 커포티

박현주 옮김

시공사

차례

길이 갈라지는 자리　　Parting of the Way

땅거미가 깔렸다. 먼 마을의 불빛들이 깜빡 켜지기 시작했다. 시내로 향하는 뜨거운 흙길 위에 두 사람의 모습이 나타났다. 한 사람은 체구가 크고 힘센 남자였고, 다른 사람은 어리고 섬세해 보였다.

제이크의 타오르는 붉은 머리카락은 머리를 둘렀고, 눈썹은 뿔처럼 보였다. 근육은 튀어나왔고 위협적이었다. 오버올 작업복은 빛이 바래고 해어졌으며, 신발 사이로 발가락이 삐쭉 튀어나왔다. 그는 자기 옆에서 걷는 어린 청년 쪽으로 몸을 돌리고 말했다.

"오늘 밤 야영을 해야 할 때가 된 것 같다. 자, 꼬마, 이 꾸러미를 가지고 가서 저기 깔아. 그런 다음에 나무 좀 모아 와서 꺾어 정리해놔. 난 뭐라도 먹을거리를 만들 테니. 아무한테도 들키면 안 돼. 자 가봐, 서둘러."

팀은 명령을 순순히 따르며 나무를 모으러 떠났다. 가는 어깨는 피로로 툭 떨어졌고, 여윈 체구는 튀어나온 뼈로 도드라졌다. 눈은 약했지만 동정이 어려 있었다. 장미 봉오리 같은 입은 일을 하고 돌아다니는 동안 살짝 오므라졌다.

팀이 깔끔하게 장작을 쌓는 동안 제이크는 베이컨 조각을 잘라서 돼지기름칠을 한 팬 위에 놓았다. 그런 다음, 불 피울 장작이 준비되자 성냥을 찾아 오버올 작업복을 뒤적거렸다.

"젠장, 성냥을 어디 뒀담? 어디 있지? 꼬마, 네가 가져간 건 아니겠지? 망할, 그런 거 같진 않고. 아, 여기 있네." 그는 주머니에서 종이 성냥을 꺼내더니 하나에 불을 붙인 후 거친 두 손으로 작은 불꽃을 감쌌다.

팀은 빠르게 옮겨 붙는 약한 불 위에 베이컨을 넣은 팬을 올려놓았다. 베이컨은 1분 남짓 잠잠하더니 곧 작게 탁탁 튀는 소리를 내며 튀겨졌다. 역한 기름 냄새가 고기에서 솟아올랐다. 팀의 병약한 얼굴이 연기 때문에 더 병

색이 짙어졌다.

"저기, 제이크, 이 쓰레기 먹을 수 있을지 모르겠는데. 내가 볼 때는 멀쩡한 거 같지 않아요. 상한 거 같은데."

"이거 안 먹으려면 굶어. 네가 그 푼돈 가지고 구두쇠처럼 굴지 않았더라면 제대로 된 먹을거리를 구했을 거 아냐. 꼬마 녀석, 10불이나 있으면서. 집까지 가는 데 돈이 그만큼 들지는 않는다고."

"아니, 그 정도 들죠. 미리 다 계산을 해놨다고요. 기차표가 5불 들고, 3불은 새 옷 사는 데 쓸 거예요. 그리고 1달러 정도는 엄마한테 예쁜 거 사다 주고 싶다고요. 그리고 음식은 1불이면 될 거 같은데. 그래도 말쑥하게 보이고 싶단 말이에요. 엄마랑 다른 사람들은 내가 지난 2년 동안 비렁뱅이 짓을 하며 온 나라를 돌아다닌 걸 몰라요. 다들 내가 출장 영업사원인 줄 알아요. 내가 편지에 그렇게 썼으니까. 내가 어딘가 다시 출장을 떠나기 전에 잠시 머무르려고 집에 오는 줄 알아요."

"그 돈을 너한테서 빼앗아야 할 거 같아. 배고파 죽기 직전이거든. 그 푼돈을 너한테서 가져와야겠어."

팀은 도전적으로 일어섰다. 그의 힘없고 연약한 체구

는 제이크의 울룩불룩한 근육에 비하면 농담 같았다. 제이크는 그를 보더니 웃었다. 그가 나무에 기대며 소리를 버럭 질렀다.

"너, 뭐 대단한 녀석인 줄 알아? 너의 그 엉망진창인 뼈를 비틀어놓을 수도 있어. 온몸에 뼈를 다 바스러뜨릴 수도 있다고. 다만 이제까지 나한테 잘해줬으니까, 나를 위해서 훔쳐다도 주고 뭐 그딴 거, 네 코 묻은 돈 가만히 두는 거야." 그는 다시 웃었다.

팀은 의심스럽게 제이크를 쳐다보다가 도로 바위 위에 걸터앉았다.

제이크는 자루에서 양철 접시 두 장을 꺼내서 역한 냄새가 풍기는 베이컨 세 장을 자기 접시에 놓고 한 장은 팀의 접시 위에 놓았다. 팀은 그를 쳐다보았다.

"내 건 왜 이만큼이에요? 베이컨 네 장이었잖아요. 아저씨가 두 장 갖고, 나도 두 장 먹어야죠. 한 장은 어디 있어요?" 그는 따져 물었다.

제이크는 그를 보았다. "이렇게 상한 고기는 먹고 싶지 않다고 말한 줄 알았는데." 그는 두 손으로 옆구리를 짚고, 단어 하나하나를 높고 냉소적이며 여성적인 목소리로 말했다.

팀은 자기가 그렇게 말한 기억이 났지만, 배가 고팠고, 고프다 못해 춥기까지 했다.

"상관없어요. 다른 조각 달라고요. 배고파요. 아무거나 먹을 수 있을 거 같아요. 자, 제이크, 다른 조각 내봐요."

제이크는 웃더니 세 조각 모두를 자기 입에 쑤셔 넣었다.

다른 말은 더 하지 않았다. 팀은 부루퉁하게 구석으로 갔고, 자기가 앉은 자리에서 손을 뻗어서 소나무 가지를 모은 후 단정하게 땅 위에 올려놓았다. 마침내 이 작업이 끝나자 그는 긴장된 침묵을 더는 참을 수 없었다.

"미안한데, 제이크, 상황 알잖아요. 나 집에 가는 거랑 모든 거에 엄청 들떠 있다고요. 진짜로 정말 배도 고팠고요. 그런데, 맙소사, 할 일이라고는 허리띠 졸라매는 것밖에 없네요."

"망할 그렇지. 네가 가진 쩐 좀 내놓고 제대로 된 음식을 구해 올 수도 있었잖아. 네가 무슨 생각 하는지 훤하다. 왜 훔치지 않느냐고? 하지만 망할, 이 동네에서 내가 뭘 훔치다가 잡히는 꼴을 보일 순 없지. 여기 출신 친구들에게 들었어." 그는 한 손가락으로 마을을 표시하는 불빛들을 가리켰다. "이 동넨 이 허허벌판에서 가장 빡센 데야. 독수리눈을 하고 부랑자들을 감시한단 말이지."

"아저씨 말이 맞을지도 모르겠는데, 하지만 알잖아요, 나는 이 돈을 조금이라도 잃을 만한 위험을 무릅쓸 순 없다고요. 이거 가지고 끝까지 버텨야지. 이게 전 재산인 데다가 앞으로 몇 년 동안도 이만큼밖에 못 벌걸요. 세상 무너져도 엄마를 실망시킬 순 없어요."

아침은 찬란하게 다가왔다. 태양이라고 하는 커다란 주황색 원반이 천국에서 보낸 사자처럼 아득한 지평선 위에 떠올랐다. 팀은 일출을 볼 수 있는 시간에 딱 맞게 깨어났다.

팀이 제이크를 흔들어 깨우자, 제이크는 벌떡 일어나며 따졌다. "뭘 해달라는 거야? 아! 일어날 시간이라고. 망할, 내가 일어나는 걸 얼마나 싫어하는데." 그러더니 거하게 하품하고 힘센 팔을 뻗을 수 있는 데까지 쭉 폈다.

"오늘은 증말 더운 날이 될 거예요, 제이크. 걸을 필요가 없다는 게 증말 기쁘네요. 그러니까, 저 마을로 들어가서 철도역까지만 가면 되는 거니까."

"그래, 꼬마. 나로 말하자면, 암 데도 갈 데가 없으니까.

하지만 나도 거기까지 가마, 뜨거운 햇볕 속을 걸어서. 매일이 초봄 같으면 얼마나 좋겠냐, 그렇게 덥지도 않고 그렇게 춥지도 않고. 여름에는 땀 흘려서 죽을 거 같고, 겨울에는 얼어 죽을 거 같은데. 망할 날씨 같으니. 겨울에는 플로리다에라도 가고 싶지만, 거기서는 주워 먹을 수 있는 게 없겠지."

그는 걸어가더니 프라이팬 식기를 다시 꺼내기 시작했다. 그가 배낭 속에 손을 넣어 양동이를 하나 꺼냈다.

"자, 꼬마야, 저기 길 위로 400미터 정도 가면 농가가 하나 있던데, 거기 가서 물 좀 길어 와."

팀은 양동이를 받아 길을 나섰다.

"어이, 꼬마, 겉옷은 안 가져가? 내가 네 돈을 훔쳐 갈지도 모르는데, 안 무섭냐?"

"전혀. 아저씨 믿을 수 있을 것 같은데요."

하지만 팀의 마음속 깊은 곳에서는 믿을 수 없다는 것을 알았다. 그가 돌아가지 않은 유일한 이유는 제이크에게 자기가 신뢰하지 않는다는 걸 알리고 싶지 않았기 때문이었다. 그렇지만 제이크가 어쨌든 눈치챘을 가능성은 있었다.

팀은 길 위로 터벅터벅 걸어갔다. 포장되지 않은 도로였지만 이른 아침이어서 흙먼지는 여전히 바닥에 붙어 있었다. 하얀 집은 약간 떨어져 있었다. 문에 다다르자, 외양간에서 양동이를 들고 나오는 집주인이 보였다.

"안녕하세요, 이 양동이에 물 좀 채워 가도 될까요?"

"그러든지. 저기 펌프가 있소." 집주인은 마당에 있는 펌프를 가리켰다. 팀은 안으로 들어갔다. 그는 펌프 손잡이를 잡고 위아래로 눌렀다. 갑자기 차가운 물줄기가 콸콸 쏟아져 나왔다. 팀은 손을 내리고 입을 수도꼭지에 댔다. 차가운 물이 입속으로 흘러 들어왔다. 양동이를 채운 후 그는 다시 길을 따라 내려왔다.

팀은 덤불을 뚫고 지나서 공터로 들어갔다. 제이크는 가방 위에 몸을 숙이고 있었다.

"젠장, 먹을 게 하나도 안 남았네. 적어도 베이컨 두어 장 정도는 남아 있는 줄 알았더니."

"아, 괜찮아요. 시내에 가면 제대로 된 식사를 할 수 있으니까. 아저씨한테 커피 한 잔, 그리고 빵 한 덩이 정도는 사줄지 모르죠."

"이런, 참도 너그럽네." 제이크는 역겹다는 듯 그를 쳐다보았다.

팀은 겉옷을 집어서 주머니 속에 손을 넣었다. 그는 낡은 가죽 지갑을 꺼내 걸쇠를 풀었다.

"나를 집으로 데려다줄 돈을 꺼내려고요." 그는 말할 때마다 그 단어들을 세심하게 음미하며 몇 번이고 반복했다.

팀은 지갑 속에 손을 넣었다. 하지만 손을 꺼냈을 때는 빈손이었다. 공포와 불신의 표정이 그를 덮쳤다. 그는 거칠게 지갑을 잡아 찢은 후, 솔잎을 헤치면서 주위를 돌아다녔다. 그는 격분해서 덫에 걸린 동물처럼 날뛰었다. 그러다가 제이크를 보았다. 팀의 작고 마른 몸이 분노로 부들거렸다. 거칠게 그는 제이크에게 덤벼들었다.

"내 돈 내놔, 이 도둑, 거짓말쟁이. 나한테서 훔쳐 갔지. 안 돌려주면 죽일 거야. 돌려달라고! 너 죽일 거야! 안 가져가겠다고 약속했잖아. 거짓말, 도둑, 사기꾼! 내놔, 아니면 죽일 테니까."

제이크는 어안이 벙벙해서 그를 보고 말했다. "왜 이래, 팀, 꼬마야, 나는 안 가져갔어. 네가 잊어버린 걸 수도 있잖아. 어쩌면 저기 솔잎 속에 있을 수도 있고. 자, 우린 찾아닐 거야."

"아니, 거기 없어. 찾아봤다고. 아저씨가 훔쳐 갔잖아. 그럴 사람이 여기 누가 또 있어. 아저씨가 했잖아. 어디다 뒀어? 도로 내놔, 가져가 놓고…… 돌려줘!"

"내가 가져가지 않은 것 맹세할 수도 있어. 내가 지키는 모든 원칙에 대고 맹세한다."

"원칙 따위는 없잖아. 제이크, 내 눈을 보고 내 돈을 가져간 게 아니라면, 죽어도 싸다고 말해."

제이크는 돌아섰다. 그의 붉은 머리카락은 환한 아침 햇빛 속에서 더 붉게 보였고, 눈썹은 더 가시 같았다. 면도하지 않은 턱은 튀어나왔고, 위로 올라가며 비틀어진 입 맨 끝에서는 누런 이가 삐쭉 드러났다.

"네 10불 가져가지 않았다고 맹세하지. 내 말이 진실이 아니면, 다음에 기차 탈 때 죽어도 좋아."

"좋아, 제이크, 아저씨 말 믿어요. 그럼 내 돈은 어디에 있는 거지? 내가 가지고 가지 않은 건 아저씨도 알잖아. 아저씨가 갖고 있지 않다면, 어디 있지?"

"아직 야영지를 찾아보지 않았잖아. 잘 둘러봐. 여기 어딘가에 있을 거야. 자, 내가 찾는 거 도와줄게. 돈에 발이 달려서 걸어가는 것도 아니고."

팀은 불안하게 뛰어다니며 같은 말을 반복했다. "내가 못 찾으면 어떡하지? 집에 갈 수 없는데. 이 꼴을 하고 집에 갈 순 없다고요."

제이크는 건성으로 찾아다니면서, 거대한 몸을 구부정하게 숙이고 솔잎 속이나 자루 속을 들여다보았다. 팀은 옷을 벗고 야영지 한가운데에 벌거벗은 채로 서서 돈이 있나 보려고 멜빵 작업복의 솔기를 뜯어냈다.

팀은 눈물을 흘리다시피 하며 통나무 위에 걸터앉았다. "포기하는 게 낫겠어요. 여기 없어. 어디에도 안 보여. 이제 집에도 못 가. 집에 가고 싶었는데. 아! 엄마가 뭐라고 할까? 제발요, 제이크, 정말 돈 가져간 거 아니에요?"

"망할, 너, 마지막으로 말하는데 아니라고! 다음에도 또 물어보면, 먼지 나도록 얻어맞을 줄 알아."

"알았어요, 제이크, 그냥 아저씨랑 좀 더 떠돌아다녀야 할 거 같아서 그랬어요. 집에 갈 돈을 다시 모을 수 있을 때까지. 엄마에게 엽서 보내서, 회사에서 다시 나를 출장 보냈다고 말해야겠네요. 엄마는 나중에나 보러 갈 수 있겠다고."

"내가 너랑 같이 떠돌아다닐 것 같냐. 이제 너 같은 꼬마 지겹다. 너 혼자 주워 먹고 다녀."

제이크는 혼자 생각에 빠졌다. '나랑 같이 다니면 좋겠지만, 그렇게 놔둘 순 없어. 내가 쟤를 혼자 놔두면 정신 차리고 집에 가서 알아서 앞가림하겠지. 쟤가 해야 할 일은 그거야. 집에 가서 솔직하게 말하는 거.'

두 사람 다 통나무 위에 앉았다. 마침내 제이크가 말했다. "꼬마야, 가려거든 지금 떠나는 게 좋아. 자, 일어서라. 벌써 7시가 다 됐네. 이제 길을 떠나."

팀은 자기 배낭을 집어 들었고, 두 사람은 함께 길로 나섰다. 제이크의 크고 힘센 모습은 팀 옆에서 아버지처럼 보였다. 마치 작은 아이를 보호하려는 것 같았다. 두 사람은 길에 다다랐고, 마주 보고 작별을 고했다.

제이크는 팀의 맑고 물기 어린 푸른 눈을 들여다보았다. "그럼, 잘 가라, 꼬마. 악수하고 친구로 헤어지자고."

팀은 자그마한 손을 뻗었다. 제이크는 앞발 같은 손으로 팀의 손을 감쌌다. 그는 팀의 손을 따뜻하게 흔들었고, 청년은 손이 힘없이 흔들리도록 가만히 맡겼다. 제이크가 그 손을 놓았을 때 청년은 손 안에 무언가 감촉을 느꼈다. 손을 펴 보니 10달러 지폐가 놓여 있었다. 제이크는 서둘러 멀어지고 있었고, 팀은 그의 뒤를 따라 출발했다. 어쩌면 그의 눈에 비친 건 환한 햇빛이었을지도 모른다. 그렇지만 또다시, 어쩌면 그건 정말로 눈물이었을지도 몰랐다.

밀 스토어 Mill Store

여자는 밀 스토어*의 뒤쪽 창문으로 내다보았다. 관심은 시내의 환한 물에서 행복하게 노는 아이들에게 쏠렸다. 하늘은 구름 한 점 없이 맑았고, 남부의 태양은 뜨겁게 땅에 내리쬐었다. 여자는 이마에 맺힌 땀을 빨간 손수건으로 닦았다. 환한 시내 바닥의 조약돌 위로 빠르게 흐르는 물은 차가워서 사람을 끌어들일 것만 같았다. 소풍객들이 지금 저기 아래 없었다면, 내가 저 물속에 들어앉아 더위를 식혔을 거야. 그녀는 생각했다. 휴우—!

거의 토요일마다 사람들이 소풍 파티를 즐기러 시내에

♦ 공장 직영 소매점을 뜻하는 말이기도 하다.

서 와서, 밀 크리크의 하얀 조약돌 강변에서 먹고 마시며 오후를 보냈고 아이들은 얕다 싶은 물속에서 첨벙거렸다. 이날 오후, 8월 말의 토요일에는 주일학교 소풍이 진행 중이었다. 주일학교 교사인 나이 지긋한 여자 셋은 그늘진 자리 주위를 뛰어다니며 어린 학생들을 전전긍긍 돌보았다.

여자는 밀 스토어에서 내다보다가 상대적으로 어두운 가게의 실내로 시선을 돌려 담뱃갑을 찾았다. 그녀는 덩치가 컸으며 피부색은 어둡고 햇볕에 그을렸다. 검은 머리카락은 숱이 많았지만 짧게 잘랐다. 입은 옷은 싸구려 캘리코 드레스였다. 담뱃불을 붙이면서 여자는 솟아오르는 연기에 얼굴을 찌푸렸다. 여자는 입을 일그러뜨리며 찡그렸다. 이 망할 흡연의 유일한 문제점이었다. 입속에 헌 자리가 그 때문에 아팠다. 여자는 연기를 훅 들이마셨고, 흡입된 연기로 순간이나마 콕콕 찌르는 아픔이 누그러졌다.

분명 물 때문일 거야. 여자는 생각했다. 이 우물물을 마시는 데 익숙하지 않아서 그래. 그녀가 이 마을에 온 것은 고작 3주 전, 일자리를 찾아서였다. 벤슨 씨가 일자리,

밀 스토어에서 일할 기회를 주었다. 그녀는 이곳이 마음에 들지 않았다. 시내까지는 8킬로미터 거리였고, 그녀는 딱히 걷기를 좋아하는 성향은 아니었다. 너무 조용했고, 귀뚜라미가 울고 황소개구리들이 쓸쓸하게 개골거리는 소리가 들리는 밤에는 '안절부절못했다'.

여자는 싸구려 자명종을 힐끔 보았다. 3시 반, 하루 중 가장 쓸쓸하고 가장 끝나지 않을 것만 같은 시각이었다. 가게는 답답한 곳으로, 등유와 신선한 옥수수 가루, 오래 묵은 사탕 냄새가 풍겼다. 그녀는 다시 창문 밖으로 몸을 내밀었다. 8월 오후의 태양이 하늘에 뜨겁게 걸렸다.

가게는 시냇물에서부터 곧바로 솟은 날카로운 붉은 진흙 둑 위에 있었다. 한 면에는 예닐곱 해는 쓰지 않은 부서져가는 물방앗간이 있었다. 삐걱거리는 회색 나무 댐이 숲 사이로 영롱한 빛을 발하며 올리브색 리본처럼 흐르는 시내에서 들어오는 연못물을 막았다. 소풍객들은 부지를 이용하고 댐 위의 연못에서 낚시를 하려면 가게에 1달러씩을 지불해야 했다. 어느 날 여자는 연못에 낚시하러 갔지만, 잡은 것이라고는 살 없고 뼈만 앙상한 메기 두 마리와 독사 두 마리뿐이었다. 햇빛 속에서 끈적끈적한 몸을 꿈틀대며 번득이는 뱀들을 끌어올렸을 때는 얼마나 소리를 질렀던지. 뱀은 독이 있는 이빨과, 면처럼 푸석푸석한 입으로 낚싯바늘을 꽉 물고 있었다. 두 번째로 뱀을 잡은 후에는, 낚싯대와 낚싯줄을 떨어뜨리고는 가게로 뛰어 들어가 눅눅한 하루의 남은 시간 동안 영화잡지나 뒤적이고 버번을 마시면서 자기를 위로했다.

여자는 물속에서 첨벙이는 아이들을 내려다보면서 그 생각을 했다. 그녀는 살짝 웃었지만, 동시에 그 끈적끈적한 것들이 무서웠다.

갑자기 수줍은 어린 목소리가 그녀 뒤에서 말했다. "저기요……?"

그녀는 깜짝 놀랐다. 거친 눈빛으로 펄쩍 뛰며 뒤를 돌아보았다. "그렇게 슬금슬금 기어 오면 안 되지, 이런, 뭐가 필요하니, 꼬마야?"

어린 여자애는 싸구려 사탕이 가득 든 구식 유리 진열장을 가리켰다. 젤리 빈, 풍선 껌, 박하맛 막대기 사탕, 새알사탕이 진열장 안에 흩어져 있었다. 아이가 갖고 싶은 걸 하나하나 가리킬 때마다 여자는 손을 넣어서 꺼낸 후 작은 갈색 종이봉투에 넣었다. 아이가 뭘 살까 고를 때 여자는 그 아이를 유심히 보았다. 그 여자아이는 누군가를 떠올리게 하는 면이 있었다. 아이의 눈 때문이었다. 푸른 유리 거품처럼 밝은 눈이었다. 연한 하늘색의 눈. 어린 소녀의 머리카락은 구불거리며 거의 어깨까지 내려왔다. 가는 벌꿀색 머리카락이었다. 다리와 얼굴, 팔은 진갈색, 너무 짙다 싶을 정도였다. 여자는 아이가 나가 돌아다니며 햇볕을 꽤 많이 쬐었으리라고 생각했다. 그 아이에게서 눈을 뗄 수가 없었다.

어린 소녀는 자기가 산 물건에서 고개를 들더니 수줍게 물었다. "저 뭐 이상해요?" 아이는 찢어진 데라도 있는지 자기 원피스를 돌아보았다.

여자는 당황했다. 그녀는 고개를 재빨리 숙이고 봉투 끝을 돌돌 말기 시작했다. "왜, 아니, 아니야. 전혀."

"저를 너무 이상하게 보시길래 그런 줄 알았어요." 아이는 안심한 듯 보였다.

여자는 계산대 위로 몸을 내밀며 봉투를 소녀에게 건넨 후 머리카락을 건드렸다. 그럴 수밖에 없었다. 머리카락은 달콤한 노란 버터처럼 무척 진하게 보였다.

"이름이 뭐니, 꼬마야?" 여자는 물었다.

아이는 겁먹은 표정이었다. "일레인요." 아이는 이렇게 말했다. 그런 후 봉투를 집고 뜨거운 동전을 계산대 뒤에 올려놓은 후 서둘러 가게 밖으로 나갔다.

"안녕, 일레인." 여자는 외쳤지만, 소녀는 벌써 가게 밖으로 나갔고 노는 동무들 틈에 다시 끼려고 다리를 서둘러 건넜다.

망할 것이네, 그녀는 생각했다. 저 아이의 눈은 그의 눈과 똑같았다. 그 망할 눈. 그녀는 가게 구석의 의자에 앉아서 담배를 마지막 한 모금 쭉 빨아들이고, 생명이 빠진 담배꽁초는 맨바닥에 던져 밟아 껐다. 그녀는 머리를 허벅지에 대고 더운 비몽사몽 상태에 빠져들었다. 맙소사, 그녀는 졸면서 그 눈을 생각했고, 입안의 망할 헌 상처 때문에 끙끙거렸다.

여자는 소년 넷이 어깨를 흔들고 광란의 흥분 상태에서 가게를 뛰어다니는 바람에 잠에서 깼다. "일어나요." 소년들은 외쳤다. "일어나요."

그녀는 잠시 흐릿한 눈으로 소년들을 보았다. 뺨이 온통 뜨거웠다. 입안에서 헌 상처가 타올랐다. 그녀는 경솔하게 혀로 그 상처를 쓸어버렸다.

"무슨 일야?" 그녀는 물었다. "무슨 일야?"

"전화나 차 같은 거 있으세요, 아주머니?" 흥분한 소년 중 하나가 물었다.

"아니, 아니 없어." 그녀는 이제 완전히 잠에서 깨어났다. "무슨 일이야? 무슨 일이 생겼니? 댐이 터진 건 아니겠지, 그랬니?"

소년들은 펄쩍 뛰며 돌아다녔다. 아이들은 너무 흥분해서 가만히 있을 수가 없었다. 그저 뛰어다니며 끙끙댈 뿐이었다. "아, 우리 어떻게 하지! 걔 죽을 텐데. 죽을 거예요!"

여자는 이제 정신이 나갈 지경이었다. "대체 무슨 일이 벌어진 거야? 말해, 빨리!"

"어떤 애가 뱀에게 물렸어요." 작고 통통한 소년이 흐느꼈다.

"세상에나, 어디서?"

"저기 아래 시내에서요." 소년은 창문을 가리켰다.

여자는 가게 밖으로 뛰어나갔다. 그녀는 날 듯이 다리를 건너 조약돌 천변으로 내려갔다. 한 무리의 사람들이 천변 끝에 모여 있었다. 주일학교 선생들 중 하나가 무리

사이를 날아다니며 고래고래 소리를 질렀다. 어떤 아이들은 한쪽으로 몰려서서, 자신들의 파티를 깨어버린 이 사건에 대한 공포와 재미를 가득 담은 눈을 희번덕거렸다.

여자가 무리를 뚫고 나가 보니 모래사장에 누운 아이가 보였다. 환한 푸른 유리 거품 방울 같은 눈을 한 소녀였다. "일레인." 여자가 외쳤다. 모두가 새로 도착한 사람에게로 주의를 돌렸다. 그녀는 아이 옆에 무릎 꿇고 앉아 상처를 살폈다. 벌써 부어오르고 변색되는 중이었다. 아이는 몸을 바들바들 떨며 흐느꼈고 한 손으로 머리를 쳤다.

"차 없어요?" 여자는 주일학교 선생에게 물었다. "여기까지는 어떻게 왔어요?"

"도보로 왔어요." 다른 여자가 대답했다. 공포와 당혹감이 눈에 어려 있었다.

여자는 분노로 손을 맞잡고 쥐어짰다. "여기 봐요." 그녀는 말했다. "이 아이 상태가 심각해요. 죽을 수도 있다고요."

그들은 모두 여자를 빤히 보기만 했다. 무엇을 할 수 있겠는가? 그들은 무력했다. 그저 멍청한 세 여자와 어린이들 무리였다.

"괜찮아요, 괜찮아요." 여자가 소리쳤다. "너, 너는 저곳으로 가서 닭 두 마리 잡아 와. 당신 여자들은 시내에 가서 의사를 데려올 사람을 찾아요. 서둘러요, 서둘러. 1분도 낭비해서는 안 돼요."

"그렇지만 지금은 쟤를 위해 뭘 할 수 있죠?" 한 여자가 물었다.

"내가 보여주죠." 여자는 말했다.

그녀는 소녀 옆에 무릎을 꿇고 상처를 보았다. 이제 상처 부위는 크게 부어올랐다. 순간의 망설임도 없이, 그녀는 몸을 숙여 입을 상처에 대고 빨았다. 그녀는 빨고 또 빨면서 몇 초마다 한 번씩 입 한가득 찬 액체를 뱉어냈다. 이제 주위에 남아 있는 아이들은 몇 없었고, 선생도 한 명뿐이었다. 그들은 모두 겁에 질렸으면서도 그 광경에 홀려서 감탄하는 표정으로 보고 있었다. 아이는 낯빛이 백묵같이 변하더니, 기절해버렸다. 여자는 입 한가득 찬 독 섞인 침을 뱉어냈다. 마침내 그녀는 일어서서 시내로 향했다. 입을 물로 헹구면서 격하게 목을 울렸다.

닭을 가지러 간 아이들이 돌아왔다. 크고 통통한 암탉 세 마리였다. 여자는 그중 한 마리의 다리를 잡고, 접이식

칼의 도움을 받아 닭을 갈랐다. 뜨거운 피가 사방에 튀었다. "이 피가 남은 독을 끄집어내줄 거예요." 그녀는 설명했다.

닭이 초록색으로 변하자, 그녀는 다시 한 마리를 갈라 아이의 상처에 가져다 댔다.

"이제 와봐요." 그녀는 말했다. "이 아이를 잡고 가게로 날라요. 의사가 올 때까지 거기서 기다릴 거예요."

아이들은 우르르 앞으로 뛰어나왔고 서로 노력을 더하여 소녀를 편안히 날랐다. 사람들이 다리를 건널 때 주일학교 선생이 말했다. "정말로, 어떻게 감사를 드려야 할지 모르겠네요. 정말로, 정말로……"

여자는 선생을 한쪽으로 밀치고 서둘러 다리 위로 올라섰다. 입안의 헌 자리는 독 때문에 미친 듯 타올랐다. 자신이 저지른 짓을 떠올렸을 땐 이미 온몸이 아팠다.

힐다

1

"힐다, 힐다 웨버, 여기 잠깐만 와보겠니?"

힐다는 재빨리 교실 앞으로 가서 암스트롱 선생의 책상 옆에 섰다.

"힐다." 암스트롱 선생은 조용히 말했다. "요크 교장 선생님이 하교 시간 후에 보자고 하시는구나."

힐다는 잠깐 의아하다는 눈빛으로 쳐다보다가 고개를 저었다. 긴 검은 머리카락이 옆으로 흔들리며 예쁘장한 얼굴을 일부 가렸다.

"저 찾는 거 확실하세요, 암스트롱 선생님? 전 아무 짓도 하지 않았는데요." 힐다의 목소리는 겁먹은 듯했지만, 열여섯 살 소녀치고는 무척 성숙했다.

암스트롱 선생은 언짢은 표정이었다. "여기 통지문에 쓰인 대로 말해주는 것뿐이야." 그녀는 키 큰 소녀에게 하얀 종이쪽지를 건넸다.

힐다 웨버, 교장실, 3시 30분
―요크 교장

힐다는 천천히 자기 책상으로 돌아갔다. 태양은 창문 사이로 환히 비쳤고, 소녀는 눈을 깜빡였다. 어째서 교장실로 호출받았을까? 교장 선생님과 면담하라고 부른 건 처음이었다. 마운트 호프 고등학교를 다닌 지 2년 만에.

2

마음 뒤편 어딘가에서 모호한 공포가 피어올랐다. 교장이 무엇 때문에 보자고 하는지 알 것 같은 기분이 들었다. 하지만 아니야, 그럴 리가 없다. 아무도 알지 못했다. 아무도 의심하지 않았다. 그녀는 힐다 웨버였다. 열심히 공부하고, 성실히 일하고, 수줍고 나서지 않는 사람. 아무도 몰랐다. 어떻게 알 수 있지?

힐다는 약간 안도감을 느꼈다. 요크 교장이 보자는 건 다른 일임이 분명했다. 어쩌면 졸업무도회 준비위원회에 참가해달라고 하는지도 몰랐다. 힐다는 피식 웃고서는 커다란 녹색 라틴어 교과서를 집어 들었다.

하교를 알리는 종이 울리고, 힐다는 곧장 교장실로 갔다. 소녀는 쪽지를 바깥 사무실에 근무하는 안일한 비서에게 보여주었다. 들어가라는 말을 들었을 때, 힐다는 다리가 몸 아래에서 바스러질 것만 같다고 생각했다. 그녀는 초조와 흥분으로 몸을 떨었다.

힐다는 요크 교장을 학교 복도에서 본 적도 있었고, 전체 조회에서 훈화하는 것을 들은 적도 있었지만, 실제로 개인적 대화를 나눈 기억은 없었다. 요크 교장은 키가 큰 남자로, 여윈 얼굴 위에 숱 많은 빨간 머리카락이 흩뿌려진 느낌이었다. 눈은 옅은 바다색이었고, 그 순간에는 무척 경쾌했다.

힐다는 곤란해하는 눈빛과 창백한 낯빛으로 검소하게 꾸민 작은 교장실로 들어갔다.

3

"네가 힐다 웨버로구나?" 질문이라기보다는 진술에 가까웠다. 요크 교장의 목소리는 엄숙하지만 경쾌했다.

"네, 선생님." 힐다는 자기의 차분한 목소리에 놀랐다. 마음속은 추웠고, 떨렸으며, 책을 든 손은 얼마나 꽉 맞잡았던지 따뜻한 땀이 느껴질 정도였다. 교장 선생님을 만난다는 데는 뭔가 끔찍하고 무시무시한 점이 있었지만, 그의 친근한 눈빛에 힐다의 경계심이 누그러졌다.

"여기 네 학생기록부를 보고 있었지." 교장은 커다란 노란 카드를 집었다. "우수 학생이라고 하더구나. 그리고 오하이오의 기숙학교에서 여기로 전학 왔다고. 그리고 현재는 마운트 호프 고등학교 2학년이지. 내 말이 맞니?" 교장이 물었다.

힐다는 고개를 끄덕이면서 집중한 눈빛으로 교장을 보

았다.

"말해보렴, 힐다, 가장 관심이 있는 게 뭐니?"

"어떤 면에서요, 선생님?" 힐다는 경계를 다시 바짝 세워야 했다.

"아니, 인생에서 미래의 직업 계획에 관해서라든가." 교장은 책상에서 황금 사슬 열쇠고리를 집어서 빙글빙글 돌렸다.

"음, 잘 모르겠어요. 배우가 되고 싶다고 생각한 적은 있지만요. 늘 연극에 관심이 있었거든요." 힐다는 미소를 띠고 교장의 여윈 얼굴에서 빙글빙글 흐릿하게 돌아가는 사슬로 시선을 떨구었다.

"알겠다." 교장은 말했다. "이걸 물어본 건 그저 너를 이해하고 싶어서란다. 내가 너를 이해하는 건 무척 중요하거든." 교장은 의자를 돌리더니 등을 세우고 책상에 붙어 앉았다. "그럼, 무척 중요하지." 힐다는 교장의 목소리에서 허물없는 태도가 싹 사라졌다는 것을 눈치챘다.

힐다는 초조하게 책을 만지작거렸다. 교장은 아직 힐다를 비난하는 말을 하지 않았지만, 힐다는 자신의 얼굴이 붉어졌다는 것을 알았다. 온몸이 무척 뜨거웠다. 갑자기, 밀폐된 방 안이 참을 수 없었다.

교장은 사슬을 내려놓았다. 힐다는 그가 말할 준비를 하고 있다는 것을 날카로운 들숨소리를 듣고 알았지만, 무슨 말을 할지 알았기에 감히 고개를 들어 교장을 마주 볼 수 없었다.

"힐다, 너도 여기 여학생 사물함에서 도난 사건이 엄청나게 많이 일어났다는 것을 알고 있으리라 생각한다." 그는 잠시 말을 끊었다. "지금까지 한동안 계속되었지. 하지만 동급생들에게서 물건을 훔치는 여학생을 우리는 여태껏 잡을 수 없었어." 교장은 엄격하고 신중했다. "이 고등학교에는 도둑이 있을 자리는 없다." 그는 진지하게 말했다.

힐다는 책을 내려다보았다. 턱이 떨리는 게 느껴져서 입술을 깨물었다. 요크 교장은 자리에서 일어나려다 말고 다시 자리에 앉았다. 두 사람은 팽팽하게 긴장된 침묵 속에 앉아 있었다. 마침내, 교장은 책상 서랍 속에 손을 넣더니 작은 파란 상자를 꺼내어 그 내용물을 책상 위에 쏟았다. 금반지 두 개, 부적 장식이 달린 팔찌와 동전 몇 개였다.

"이게 뭔지 알아보겠니?" 교장이 물었다.

힐다는 그 물건들을 한참 알아보았다. 45초간 내내. 물건들은 힐다의 눈앞에서 흐릿해졌다.

"하지만 저는 이 물건들을 훔치지 않았어요, 요크 교장 선생님. 선생님이 하시려는 말이 그거라면요!"

5

교장은 한숨지었다. "네 사물함에서 발견된 것들이야. 게다가, 우리는 한동안 너를 주시하고 있었어!"

"하지만 저는 하지 않았—" 힐다는 말을 뚝 끊었다. 가망이 없어 보였다.

마침내 요크 교장이 말했다. "하지만 내가 이해할 수 없는 건 어째서 너 같은 아이가 그런 짓을 하려고 했느냐는 거야. 너는 영리하고, 내가 알아낸 바에 따르면 집안 환경도 좋더구나. 솔직히, 선생님은 아주 당혹스럽다."

힐다는 아무 말 없이 가만히 앉아서 책만 만지작거렸다. 벽들이 가까이 조여오는 느낌이었다. 무언가 자기를 짓눌러 죽이려는 것처럼.

"음." 교장은 말을 이었다. "네가 아무 설명도 하지 않겠다면, 나도 너를 위해서 해줄 수 있는 게 거의 없지 싶은데. 이 범죄의 심각성을 너는 깨닫지 못하겠니?"

"그런 게 아니에요." 힐다는 새된 소리로 말했다. "제가 어째서 그 물건들을 훔쳤는지 교장 선생님께 말씀드리고 싶지 않은 게 아니에요. 그냥 어떻게 말씀드려야 할지 모르겠어서 그래요. 저 자신도 모르니까요." 날씬한 어깨가 흔들리는가 싶더니 힐다는 몸을 격렬히 떨었다.

교장은 힐다의 얼굴을 바라보았다. 아이의 연약함을 처벌하기란 얼마나 어려운지. 그의 마음이 움직인 티가 났다는 것을 본인도 알았다. 그는 창문으로 걸어가 블라인드를 바로잡았다.

소녀는 일어섰다. 이 사무실과 책상 위에서 환히 반짝거리는 싸구려 장신구들을 향한 혐오감이 구토처럼 치

밀어 올라 덮쳤다. 요크 교장의 목소리가 들려왔다. 아련히 멀게만 들리는 소리였다.

6

"이건 무척 심각한 문제야. 네 부모님을 뵙고 말씀드려야 할 것 같다."

힐다의 눈에 두려움이 솟구쳤다. "말씀하실 건 아니죠 제 부모님에—?"

"물론 해야지." 요크 교장이 대답했다.

갑자기 힐다는 이 작고 하얀 교장실에서 빠져나가는 것 말고는 아무래도 상관없어졌다. 사무실 속 추한 가구들과 빨간 머리카락의 주인과 반지와 팔찌와 돈으로부터 멀어지는 것 말고는. 그것들이 너무 싫었다!

"이제 가도 좋다."

"네, 선생님."

힐다가 교장실을 나설 때, 교장은 장신구들을 작은 파란 상자 속에 도로 넣느라 여념이 없었다. 힐다는 천천히 바깥 사무실을 지나 길고 텅 빈 복도를 따라 내려와서는 4월 오후의 환한 햇빛 속으로 나섰다.

그때, 갑자기, 힐다는 뛰기 시작했다. 빠르게, 점점 더 빠르게 달렸다. 고등학교 거리를 따라 시내로 접어들어 기다란 대로를 내려갔다. 사람들이 쳐다본대도 상관없었다. 힐다가 바라는 것이라고는 되도록 멀리멀리 가버리는 것이었다. 힐다는 시내 반대편으로 뛰어가 공원으로 들어갔다. 거기에는 유모차를 미는 여자 몇 명밖에 없었다. 소녀는 텅 빈 벤치에 푹 주저앉아 쑤시는 옆구리를 손으로 감쌌다. 잠시 후, 통증이 멈췄다. 소녀는 커다란 녹색 라틴어 교과서를 펼쳤다. 힐다는 책 표지로 얼굴을 가리고 부드럽게 흐느끼기 시작하면서 자기도 모르게 무릎에 놓인 황금 사슬 열쇠고리를 손가락으로 만지작거렸다.

벨 랜 킨 양 Miss Belle Rankin

처음 벨 랜킨 양을 보았을 때 나는 여덟 살이었다. 더운 8월 날이었다. 태양은 선홍색 줄이 간 하늘에서 뉘엿뉘엿 지고, 열기는 땅에서부터 건조하고 활기차게 솟아올랐다.

나는 앞 포치 계단에 앉아서 다가오는 흑인 여자를 보고 대체 어떻게 저렇게 거대한 빨래 꾸러미를 머리에 이고 갈 수 있을까 궁금해했다. 여자는 발길을 멈추고, 내 인사에 대한 대답으로 웃었다. 검고 길게 끄는 흑인 웃음이었다. 바로 그때 벨 양이 길 반대편에서 천천히 걸어 내려왔다. 세탁부는 벨 양을 보더니 갑자기 겁이라도 먹은 양 말하다 말고 허겁지겁 원래 가던 길로 가버렸다.

나는 이런 기이한 행동을 일으킬 수 있는 이 낯선 행인을 한참 빤히 바라보았다. 체구가 작은 벨 양은 먼지 끼고 줄이 간 검은색 옷차림 일색이었다. 믿을 수 없을 만큼 늙고 주름이 자글자글했다. 가는 회색 머리카락이 땀에 젖어 이마 위에 가로로 늘어져 있었다. 벨 양은 고개를 수그리고 비포장도로를 쳐다보며 걸었다. 마치 잃어버린 무언가를 찾는 것만 같았다. 검은색과 황색이 뒤섞인 늙은 개가 주인의 뒤를 따라 정처 없이 움직이며 따라왔다.

나는 그 후에도 벨 양을 여러 번 보았지만 그 첫 번째 모습이 마치 꿈처럼 늘 제일 명료하게 남아 있을 것이다. 소리도 없이 거리를 걸으면서, 발로 붉은 먼지 구름을 살며시 일으키며 황혼 속으로 사라져가던 벨 양.

몇 년 후 나는 조브 씨의 드러그스토어에 앉아 조브 씨의 특제 밀크셰이크를 벌컥벌컥 마시고 있었다. 나는 카운터 한쪽 끝에 앉아 있었고, 다른 쪽엔 이 동네에서 가장 유명한 건달 두 명과 낯선 사람이 앉아 있었다.

이 낯선 사람은 보통 조브 씨의 가게에 오는 사람들보다는 외양이 훨씬 점잖았다. 하지만 내 시선을 끈 것은 그가 느리고 허스키한 목소리로 한 말이었다.

"혹시 당신들 여기 괜찮은 동백나무 파는 사람 압니

까? 나체즈에 집을 짓는 동부 여자를 위해서 모으는 중 인데."

두 건달은 서로 얼굴만 바라보더니, 눈이 크고 뚱뚱하며 나를 긁어주기 좋아하는 쪽이 말했다. "뭐, 아저씨, 내가 아는 사람 중에 이 근처에서 진짜 이쁜 거 가지고 있는 사람은 그 이상한 할머니, 벨 랜킨 양밖에 없어요. 여기서 한 800미터 떨어진 아주 괴상하게 보이는 집에서 사는데. 그 집 낡아서 무너지기 직전인데 아마 남북전쟁 전에 지었을걸요. 엄청나게 괴상하긴 해도, 동백나무를 찾는다면, 내가 언뜻 본 중에서는 그 할머니 게 제일이죠."

"아." 금발에 여드름이 많은 다른 쪽, 뚱뚱한 청년의 졸개 노릇을 하는 건달이 지껄였다. "그 할머니 분명 아저씨에게 팔 거 같아요. 내가 듣자 하니, 거기서 굶어 죽기 직전이라던데요. 그 집에는 나이 많은 흑인 한 명이랑 정원이랍시는 잡초 땅뙈기에서 쓰는 호미 말고는 아무것도 없어요. 웬걸, 요전 날 들어보니 그 할머니가 지트니 정글 시장으로 와서는, 돌아다니면서 오래되고 상한 야채만 골라 올리 피터슨에게 달라고 졸랐다는 거예요. 이제까지 본 중에 가장 괴상한 꼴이었다는데요. 그늘 속에서

100년은 살았을 거 같다고. 흑인들이 그 할머니를 얼마나 무서워하는지—"

하지만 낯선 사람은 청년이 청산유수로 쏟아놓는 정보를 끊고 물었다. "그렇다면, 그 부인이 팔 것 같은가?"

"물론이죠." 뚱뚱한 청년은 뭔가 안다는 듯 히죽 웃음을 얼굴에 띠고 말했다.

남자는 그들에게 감사를 표한 후 나가려다가 갑자기 몸을 돌리고 말했다. "청년들, 나랑 거기까지 같이 가서 위치를 알려주면 어떤가? 나중에 도로 데려다줄 테니."

두 건달은 재빨리 동의했다. 차를 탄 모습, 특히 낯선 사람의 차를 탄 모습을 남에게 보여주고 싶어서 안달 난 그런 부류였다. 마치 그 이방인과 무슨 연이라도 있는 듯 보일 테니까. 그리고 어쨌든 차를 탄다면 담배를 얻어 피울 건 분명했다.

＊

일주일쯤 지난 후, 나는 조브 씨의 가게에 다시 가서 일이 어떻게 되었는지 들었다.

뚱뚱한 건달은 조브 씨와 나로 구성된 청중을 두고 열렬하게 설명했다. 목소리를 더 높일수록 그는 더 극적으로 변해갔다.

　"그 늙은 마녀는 마을에서 몰아내야 해요. 완전히 정신이 나갔다니까. 먼저, 우리가 거기 가니까 우리를 막 쫓아내려고 하더라고. 그런 다음에는 그 괴상한 늙은 사냥개를 풀어서 우리를 쫓으라고 했어요. 그게 아마 할망구보다도 나이가 많을걸. 뭐, 어쨌든, 그 개새끼가 나를 덥석 물어뜯으려고 하길래, 내가 이빨을 정통으로 차주었지. 그랬더니 끔찍하게 울어대지 뭐야. 결국 그 할망구가 데리고 있는 늙은 흑인이 나와서 할멈을 진정시키고 나서야 얘기를 할 수가 있었어요. 그 외지 사람인 퍼거슨 씨가 꽃을 사고 싶다고 말했죠. 오래된 동백나무 말이에요. 할망구는 그런 얘기는 들어본 적도 없다고 하는 거예요. 게다가 나무는 자기가 가진 그 무엇보다도 더 좋아하니까 아무것도 팔지 않겠다고. 자, 뭐라고 하기 전에 이 말부터 들어봐요. 퍼거슨 씨가 그 나무 한 그루당 할망구한테 200달러를 준다고 했어요. 그거 이해가 되? 200불이라니! 그런데 늙은 염소는 퍼거슨 씨한테 여기서 꺼지라고 하는 거예요. 그래서 결국 우리는 가망 없다는 거 알고 거기서 나왔죠. 퍼거슨 씨도 꽤 실망했지. 정말로 그 나무들을 가져갈 수 있을 거라고 믿었던 모양인데. 자기가 이제까지 본 중에 제일 좋은 나무였다고 하대요."

그는 등을 의자에 기대며 자신의 긴 이야기에 진이 빠졌는지 숨을 깊이 들이마셨다.

"망할." 그는 말했다. "대체 그 늙은 나무들로 뭘 한다고 단번에 200불을 내던져버린대? 거기서 옥수수가 열리는 것도 아니고."

조브 씨의 가게를 나와 집으로 가는 내내 나는 벨 양에 대해 생각했다. 나는 가끔 벨 양에 대해 궁금증을 품었다. 너무 늙어서 어떻게 살아 있나 싶은 사람이었다. 그렇게 늙는다는 건 분명 끔찍한 일이리라. 벨 양이 어째서 그 동백나무들을 그리도 절실히 원하는지 알 수가 없었다. 그 나무들이 아름답기는 했으나, 그 할머니가 그처럼 가난하다면…… 뭐, 나는 어렸고, 벨 양은 너무 나이 들어 삶에 남은 것이 거의 없는 사람이니까. 나는 너무 어려서 내가 그렇게 늙을 수 있다고, 내가 죽을 수 있다는 생각조차 해본 적이 없었다.

2월의 첫날이었다. 하늘에 진주색 줄이 그어지며 탁한 회색으로 동이 텄다. 바깥은 춥고 잠잠했지만, 간간이 굶주린 바람이 불어와 랜킨 양이 사는 곳, 한때는 장대했던 '장미 잔디밭'의 썩어가는 잔해를 두른 거대한 나무들의 이파리 없는 회색 팔다리를 파먹었다.

벨 양이 깨었을 때 방은 추웠고, 얼음의 긴 눈물이 지붕 처마 밑에 매달렸다. 그녀는 칙칙한 풍경을 돌아보며 몸을 살짝 떨었다. 그러고는 명랑한 색깔의 조각이불 밑에서 애써 몸을 일으켜 빠져나왔다.

벨 양은 난롯가에 무릎을 꿇고, 렌이 그 전날 모아 온 마른 나뭇가지에 불을 붙였다. 쪼그라들고 누렇게 변한 작은 손이 성냥 및 석회 벽돌의 긁힌 표면과 씨름했다.

잠시 후 불이 붙었다. 뼈가 덜그럭거리는 것처럼 나무가 타닥타닥 타는 소리가 들리고 불길이 앞으로 확 튀어올랐다. 벨 양은 따뜻한 불길 앞에 잠깐 서 있다가 얼어붙은 세숫대야로 머뭇머뭇 향했다.

옷을 다 입은 후에 벨 양은 창문으로 갔다. 눈이 내리기 시작했다. 남부의 겨울에 떨어지는 가늘고 물기 어린 눈이었다. 눈은 땅에 닿자마자 금방 녹아버렸지만, 벨 양은 그날 식량을 구하러 시내까지 한참 걸을 생각을 하며 약간 어지럽고 메스꺼운 기분을 느꼈다. 다음 순간, 벨 양은 숨을 헉 들이켰다. 저기 아래에 동백나무가 꽃을 피운 것을 보았기 때문이었다. 이제까지 본 어떤 모습보다도 아름다웠다. 생생한 붉은 꽃잎은 얼어붙어 고요했다.

벨 양은 오래전 일을 떠올렸다. 릴리가 어린 소녀였을 때, 그녀는 동백꽃을 따서 거대한 바구니에 한가득 담은 후 '장미 잔디밭'의 높고 텅 빈 방을 이 섬세한 향기로 가득 채웠다. 릴리는 그 꽃을 훔쳐다가 흑인 아이들에게 주어버렸다. 그녀가 얼마나 화를 냈던지! 하지만 이제 벨 양은 그 기억을 떠올리고 미소를 지었다. 마지막으로 릴리를 본 후로 적어도 12년이나 지났다.

불쌍한 릴리, 이제는 그 아이도 늙은 여인이 되었어. 그 아이가 태어났을 때 나는 고작 열아홉 살이었지, 어리고 예뻤어. 제드는 자기가 아는 여자애 중에서 내가 제일 예쁘다고 말했었지. 하지만 그것도 너무 오래전 일이야. 내가 정확히 언제부터 이렇게 되었는지 기억도 나지 않아.

내가 처음 가난하게 되었을 때, 내가 늙어가기 시작했을 때가 언제인지 기억이 나지 않아. 제드가 떠나버린 후가 아니었을까. 그가 어떻게 되었을지 궁금하지. 그 사람 별안간 내가 못생겼고 질렸다고 말한 후에 떠나버렸지. 나 홀로 남겨둔 채로 떠나버렸어. 릴리만 빼고. 그렇지만 릴리는 소용이 없었지. 소용이 없었어.

벨 양은 두 손으로 얼굴을 가렸다. 여전히 아픈 기억이었다. 하지만 거의 매일, 그녀는 이 똑같은 일을 기억했고, 가끔은 미칠 것 같아서 고함치고 비명을 지르고 싶었다. 그녀를 조롱하는 두 멍청이들을 앞세우고 온 남자가 동백나무를 사고 싶다고 했을 때처럼. 벨 양은 그 나무들을 팔지 않을 것이었다, 절대로. 하지만 벨 양은 그 남자가 두려웠다. 그가 나무들을 훔쳐 갈까 봐 두려웠다. 그녀가 무엇을 할 수 있겠는가, 사람들이 비웃기만 할 따름인데. 그게 바로 벨 양이 그들에게 소리를 지른 이유였다. 그들을 모두 싫어하는 이유였다.

렌이 방으로 들어왔다. 그는 체구가 작은, 늙고 허리가 굽은 흑인으로 이마에는 흉터가 있었다.

"벨 아씨." 그가 쌕쌕거리는 소리로 물었다. "오늘 시내에 가시남요? 지가 아씨라면 안 갈 것이구먼요. 오늘은 날씨가 겁나 숭할 거 같은디." 그가 말할 때 입에서 한 줄기 입김이 차가운 공기 속으로 솟아올랐다.

"그래, 렌, 오늘 시내에 가야만 해. 잠시 후에 떠날 거다. 어두워지기 전에는 돌아오고 싶으니까."

바깥에서는 오래된 굴뚝에서 솟아오른 연기가 나른하게 구불거리는 구름이 되어 오르다 마치 얼어붙은 것처럼 푸른 안개에 잠긴 집 위에 걸렸다. 다음 순간, 혹독한 바람이 휭 불어오자 연기는 소용돌이치며 사라져버렸다.

벨 양이 집으로 향하는 언덕을 오를 시점에는 꽤 캄캄했다. 이런 겨울날에는 어둠이 빨리 다가왔다. 오늘은 너무 불쑥 오는 바람에 처음에는 벨 양도 겁을 덜컥 먹었다. 은은히 빛나는 석양도 없었고, 진주색 감도는 회색 하늘이 진한 검정색으로 깊어지기만 했다. 눈은 여전히 떨어졌고, 길에는 서걱거리는 얼음이 깔려 추웠다. 바람은 더욱 강해졌고, 마른 나뭇가지가 날카롭게 바삭거렸다. 벨 양은 무거운 바구니 무게에 짓눌려 등이 휘었다.
좋은 날이었다. 존슨 씨가 햄 덩이에서 거의 3분의 1을 떼
어주었고, 꼬마 올리 피터슨은 팔리지 않는 채소를 꽤 많
이 주었다. 적어도 두 주 동안은 다시 시내에 나가지 않아
도 될 것 같았다.

집에 다다랐을 때, 벨 양은 숨을 돌리려 잠깐 발길을
멈추고 바구니가 스르르 땅에 떨어지도록 가만 놔두었
다. 그런 후, 정원의 가장자리로 걸어가서 장미 같은 모양
의 거대한 동백꽃을 몇 송이 따기 시작했다. 한 송이를 구
겨지도록 얼굴에 꼭 대보았지만 감촉을 느낄 수 없었다.
꽃을 한 아름 모아 바구니를 놓았던 곳으로 발길을 돌리
려는 순간 어떤 목소리가 들린 것만 같았다. 벨 양은 가
만히 서서 귀를 기울여보았지만, 오로지 대답하는 건 바
람뿐이었다.

벨 양은 미끄러져 넘어지는 것을 느꼈고 어쩔 수가 없
었다. 몸을 지탱하려 어둠 속을 붙잡았지만, 허공뿐이었
다. 도움을 청하려 소리를 지르려 했지만 소리가 나오지
않았다. 허무의 거대한 파도가 덮쳐오는 느낌이었다. 덧없
는 장면들이 그녀를 쓸고 갔다. 그녀의 인생, 완전한 황량

함과 순간 스친 릴리의 모습, 제드의 모습, 길고 가는 지팡이를 든 어머니의 선명한 그림.

✷

　나는 제니 아주머니가 벨 양이 살던 낡고 무너져가는 집으로 나를 데리고 갔던 추운 겨울날을 기억한다. 벨 양은 그날 밤 죽었고, 그 집에 살던 늙은 흑인이 시체를 발견했다. 마을 사람 거의 모두가 벨 양을 보러 갔다. 검시관이 허가를 해주지 않았기 때문에 아직 시체는 옮겨지지 않은 상태였다. 그래서 우리는 죽었을 때 모습 그대로 쓰러져 있는 벨 양을 보았다. 내가 죽은 사람을 본 건 그때가 처음이었고, 영원히 잊지 못할 모습이었다.

　벨 양은 자신의 동백나무 아래 마당에 쓰러져 있었다. 얼굴의 주름 모두가 매끈하게 펴졌고, 환한 꽃들이 온통 주위에 흩어져 있었다.

　벨 양은 너무나 작고 정말로 젊어 보였다. 머리카락에는 작은 눈송이가 점점이 흩어졌고, 꽃송이 하나가 뺨에 딱 붙어 있었다. 벨 양은 이제까지 내가 본 것 중에서 가장 아름다운 형체였다.

모두가 얼마나 슬픈 일인지 모르겠다는 둥 운운했지만, 나는 참으로 이상하다고 생각했다. 그들이야말로 벨 양을 비웃고 농담을 해댔던 사람들이었으니까.

뭐, 벨 랜킨 양은 확실히 기묘한 사람이었고 어쩌면 약간 정신이 나갔는지 모른다. 하지만 그 추운 2월, 꽃을 뺨에 대고 그처럼 잠잠하고 고요히 누워 있던 그녀는 정말로 사랑스러웠다.

내가 그대를 잊으면 If I Forget You

그레이스는 한 시간가량 포치에 서서 그를 기다렸다. 그날 오후 시내에서 그를 보았을 때, 그는 8시면 도착할 것 같다고 말했었다. 8시 10분이 다 된 시각이었다. 그레이스는 포치 그네에 앉았다. 그가 온다는 사실을 생각하거나 그의 집 방향으로 향하는 길을 내려다보지 않으려고 했다. 자기가 일단 생각하면 그런 일은 일어나지 않았다. 그러면 그는 오지 않을 것이었다.

"그레이스, 아직도 밖에 있니? 걔 아직 안 왔어?"

"안 왔어요, 어머니."

"밤새 거기 앉아 있을 수는 없잖아? 집으로 당장 들어오렴."

그레이스는 안으로 들어가고 싶지 않았다. 답답하고 낡은 거실에 앉아 아버지가 신문을 읽고 어머니가 십자말풀이를 하는 모습이나 보고 싶진 않았다. 밤새 숨 쉴 수 있고, 냄새 맡을 수 있고, 만질 수 있는 여기에 머무르고 싶었다. 밤공기는 손에 잡힐 것만 같아서, 고운 푸른색 새틴처럼 그 질감을 느낄 수 있을 정도였다.

"이제 오네요, 어머니." 그레이스는 거짓말을 했다. "이제 저 길로 오고 있어요. 내가 뛰어나가서 마중할 거예요."

"그런 짓 하기만 해봐, 그레이스 리." 어머니의 목소리가 낭랑하게 울렸다.

"아니, 어머니, 갔다 올게요! 작별인사만 하고 곧 돌아올게요."

그레이스는 어머니가 더 뭐라 말하기 전에 포치 계단을 뛰어 내려가 길로 나섰다.

그레이스는 그를 만날 수 있을 때까지만 그저 쭉 걸어가보겠다는 생각이었다, 그러다가 그의 집까지 가는 한이 있더라도. 그레이스에게는 중대한 밤이었고, 딱히 행복한 밤이라고 할 수는 없어도 어쨌든 아름다운 밤이었다.

이 모든 세월을 함께 보냈지만, 그는 곧 마을을 떠날 예정이었다. 그가 떠난 후에는 참 이상하게 보일 것만 같았다. 그 무엇도 이전과는 똑같지 않으리라는 것을 그레이스는 알았다. 언젠가 학창 시절에, 사론 선생님이 학생들에게 시를 한 편씩 써보라고 했을 때, 그레이스는 그에 관한 시를 썼다. 그 시는 얼마나 훌륭했던지 마을 신문에까지 실렸다. 그레이스는 그 시의 제목을 〈밤의 영혼 속에서〉라고 붙였다. 그녀는 이제 달빛에 젖은 길을 사뿐사뿐 걸으며, 첫 두 행을 암송했다.

내 사랑 환하고 강한 빛과 같아서
밤의 어둠을 막아버리네

언젠가 그는 그레이스에게 자신을 진정으로 사랑하느냐고 물은 적 있었다. 그녀는 대답했다. "지금은 사랑해. 하지만 우리는 아직 애잖아. 이건 그냥 풋사랑이지." 하지만 그레이스는 자신이 거짓말을 했다는 사실을, 적어도 자기 자신에게는 거짓말했다는 사실을 이제, 지금 이 짧은 순간 알았다. 그녀는 자신이 그를 사랑한다는 것을 알왔다. 한 달 전만 해도 이 사랑이 너무나 유치하고 바보 같다는 생각이 강했건만. 하지만 지금 그가 떠난다고 하니, 그렇지 않다는 것을 알았다.

언젠가 그는 그 시 사건이 있은 후에, 그녀에게 너무 진지하게 받아들이진 말라고 말했었다. 어쨌거나 고작 열여섯이지 않느냐고. "뭐, 우리가 스무 살이 되었을 때는 누군가 우리에게 서로의 이름을 꺼내더라도 아마 기억하지 못할 수도 있어."

그녀는 그 말에 기분이 나빴다. 그래, 그는 어쩌면 그녀를 잊을지도 모른다. 그리고 이제 그는 떠나가고 그녀는 다시는 그를 볼 수 없을지도 몰랐다. 그는 원하는 바대로 훌륭한 기술자가 될 것이고, 그녀는 아무도 들어본 적 없는 작은 남부 마을에 여전히 앉아 있을 것이었다. "어쩌면 그는 나를 잊지 않을지도 몰라." 그레이스는 혼잣말을 했다. "어쩌면 내게 돌아와서 나를 뉴올리언스나 시카고, 혹은 뉴욕처럼 큰 곳으로 데려갈지도 모르지." 그 생각만 해도 그녀는 행복한 몽상에 빠져버렸다.

길 양옆의 소나무 숲 향기에 그레이스는 두 사람이 소풍이나 승마, 춤을 함께하던 좋았던 시절을 떠올렸다.

그가 고등학교 2학년 무도회에 같이 가자고 청했던 때가 기억났다. 그를 처음으로 알게 된 때였다. 그는 너무나 잘생겼고, 그레이스는 스스로가 너무 자랑스러웠다. 녹색 눈에 주근깨가 있는 꼬마 그레이스 리가 그와 같은 대단한 남자와 함께 걸어가리라고 누가 생각이나 했을까. 그레이스는 너무 자랑스럽고 너무 흥분해서 춤추는 법조차 잊어버릴 뻔했다. 춤의 리드를 오해했을 때와 자기 발을 밟았을 때, 그리고 실크 스타킹을 찢었을 때는 너무 창피했었다.

하지만 그레이스가 이것이 진짜 로맨스라고 확신했을 때, 어머니는 너희는 아직 아이들일 뿐이라고 일축해버렸다. 어머니 표현에 따르면, 결국 아이들은 진짜 '애정'이 뭔지 알 리가 없다는 것이었다.

이어서, 질투심으로 불타오른 마을 소녀들이 '그레이스 리 따돌리기 작전'을 시작했다. "저 쪼끄만 바보를 봐." 소녀들은 속삭이곤 했다. "아주 남자에게 덤벼드네." "쟤가 그, 그 매춘부보다 나을 게 뭐야." "난 두 사람이 무슨 짓을 하는지 알아낼 수 있다면 돈이라도 내놓겠지만, 내 귀로 직접 들으면 너무 충격적일 것 같아."

그레이스의 발걸음이 빨라졌다. 그 생각만 하면, 코가 하늘을 찌르고 혼자 깨끗한 척하는 애들을 생각하면, 화가 솟았다. 그레이스는 루이스 비버스와 벌였던 싸움을 절대 잊을 수 없을 것만 같았다. 루이스가 학교 화장실에서 깔깔대는 여자애들을 모아놓고 그레이스가 쓴 편지를 소리 내어 읽는 현장을 잡았을 때였다. 루이스는 그레이스의 책에서 그 편지를 훔쳐냈고, 요란스럽게 비웃는 손짓을 섞어가며 큰 소리로 읽고 전혀 웃기지 않은 대목에서 농담을 끄집어냈다.

'아, 그래, 어쨌든 하찮은 헛소리가 너무 많았지.' 그레이스는 생각했다.

달빛이 하늘에서 환하게 비쳤다. 창백하고 파리한 구름은 고운 레이스 숄처럼 달 표면 주위에 걸렸다. 그녀는 달을 빤히 바라보았다. 이제 곧 그의 집 앞에 당도할 것이었다. 바로 저 언덕을 올라 내려가기만 하면, 곧 도착한다. 근사한 작은 집으로, 견고하고 튼튼했다. 그가 살기에 완벽한 곳이라고, 그녀는 생각했다.

이따금 그레이스는 이게, 이 풋사랑이 그저 엄청난 감상이 아닐까 생각하기도 했지만 지금은 그렇지 않다는 것을 확신했다. 그는 곧 떠난다. 그는 뉴올리언스에 있는 이모 댁에서 같이 살기로 했다. 그의 이모는 예술가였고, 그레이스는 그 점이 그다지 마음에 들지는 않았다. 예술가들은 남다른 사람들이라는 말을 들은 적이 있었다.

그는 어제까지도 떠난다는 말을 하지 않았었다. 그도 약간 두려웠던 게 분명해, 그레이스는 생각했다. 그런데 이제는 두려워하는 쪽이 내가 되었네. 아, 그가 이제 떠나고 그녀가 더는 그를 갖게 되지 못하면 다들 얼마나 즐거워할까. 사람들의 웃는 얼굴이 눈에 선했다.

그레이스는 옅은 금발 머리카락을 눈에서 쓸어냈다. 시원한 바람이 나무 우듬지 사이로 불었다. 그녀가 언덕 정상에 가까워졌을 때, 갑자기 그가 언덕 반대편을 올라오고 있어 꼭대기에서 만날 것 같은 생각이 들었다. 온몸이 뜨거워졌고, 예감은 너무나 확실했다. 그녀는 울고 싶지 않았다. 웃고 싶었다. 그가 가져다달라고 해서 주머니에 넣은 자기 사진을 더듬었다. 마을을 지나던 순회 카니발의 사진사가 찍어준 싸구려 스냅사진이었다. 심지어 그녀와 별로 닮지도 않았다.

정상에 거의 다다르자, 그녀는 더는 가고 싶지 않았다.

진짜로 작별인사를 하지 않는다면, 여전히 그를 가질 수 있는지도. 그녀는 그를 기다리기 위해 좀 더 걸어가서 길 옆 부드러운 저녁 잔디 위에 앉았다.

"내가 바라는 건," 그레이스는 어둡지만 달이 가득 채운 하늘을 올려다보며 말했다. "그가 나를 잊지 않는 거야. 내가 바랄 권리가 있는 건 그것뿐이겠지."

불꽃 속의 나방   The Moth in the Flame

오후 내내 엠은 철제 프레임 침대에 누워 있었다. 다리 위에는 조각이불을 끌어올려 덮었다. 그녀는 그냥 거기 누워 생각하고 있었다. 날씨는 앨라배마치고도 추워졌다.

조지와 시골에서 온 다른 남자들은 모두 미친 노인 새디 홉킨스를 찾으러 나갔다. 그 할머니는 탈옥했다. 불쌍한 새디 할머니, 엠은 생각했다. 늪과 밭 전체를 뛰어다니겠네. 새디도 한때는 아름다운 여자였지. 그저 나쁜 무리와 어울렸던 것뿐. 정신이 완전히 나가버렸어.

엠은 오두막 창밖을 내다보았다. 하늘은 어둡고 회청색이었으며 들판은 고랑 모양 그대로 얼어붙은 것만 같았다. 엠은 이불을 좀 더 바짝 끌어다 덮었다. 확실히 이 시골은 외로웠다. 6.5킬로미터 근방 이내에는 다른 농가 하나 없었고, 산 쪽으로 밭이 있다면 다른 쪽으로 늪과 숲이 있었다. 그녀는 어떤 사람들은 눈이 멀거나 귀가 먼 채로 태어나듯이 자신은 외로울 운명으로 태어났는지도 모른다는 기분을 느꼈다.

엠은 작은 방을 둘러보았다. 에워싼 네 벽이 점점 좁혀오는 듯했다. 엠은 가만히 앉아서 싸구려 자명종 소리를 들었다. 똑-딱, 똑-딱.

갑자기 무척 기이한 느낌이 등을 타고 올랐다. 두려움과 공포의 감각. 머리가 따끔거리는 느낌이 들었다. 눈이 멀 듯 환한 섬광처럼 누군가 자신을 보고 있다는 것, 누가 아주 가까운 데에 서서 차갑고 계산적이며 제정신이 아닌 눈으로 자신을 보고 있다는 것을 알았다.

순간, 너무나 고요히 누워 있었기에 심장이 쿵쿵 뛰는 소리, 텅 빈 나뭇등걸을 대형 망치로 쿵쿵 두드리는 듯 똑딱이는 시계 소리까지 다 들을 수 있었다. 이게 단지 상상이 아니라는 것을 알았다. 이 섬뜩한 기분에는 이유가 있다는 것도 알았다. 본능으로, 너무 분명하고 생생해서 온몸을 채우는 본능으로 알았다.

엠은 천천히 일어나서 방을 둘러보았다. 아무것도 볼 수 없었다. 그래도 누군가 자신을 응시하며 동작 하나하나를 따라다닌다는 것은 느낄 수 있었다.

엠은 손에 닿는 첫 번째 물건을 집었다. 불쏘시개 막대기. 그런 후에 담대한 목소리로 불렀다. "누구예요? 뭘 원하는 거지?"

오로지 차가운 고요만이 그녀의 질문에 답했다. 실제로 몸은 추웠지만 엠은 점점 더워졌다. 뺨이 타오르는 느낌이었다.

"여기 있다는 거 알아요." 엠은 신경질적으로 외쳤다. "뭘 원하는 거예요? 왜 모습을 드러내지 않지? 나와요. 슬금슬금 기어 다니지—"

그때 어떤 목소리가 뒤에서 들렸다. 지치고 겁에 질린 목소리.

"나뿐이야, 엠. 새디. 알지, 새디 홉킨스."

엠은 몸을 휙 돌렸다. 눈앞에 서 있는 여자는 반쯤 헐벗었고, 머리카락은 긁히고 멍든 얼굴 위에 마구 흩어져 있었다. 다리에는 핏자국이 가득했다.

"엠." 새디는 간청했다. "나 좀 도와줘. 나 너무 피곤하고 배고파. 나 좀 숨겨줘. 나 잡히지 않게 도와줘. 제발. 저들이 나를 집단으로 구타할 거야. 저 사람들은 내가 미쳤다고 생각해. 난 미치지 않았어. 너도 알잖아, 엠. 제발, 엠."
새디는 울고 있었다.

엠은 너무 충격 받고 아찔해서 대답도 할 수 없었다. 그녀는 비틀거리며 침대 가장자리에 걸터앉았다. "여기서 뭐 하고 있어요, 새디? 어떻게 들어왔어요?"

"뒷문으로 들어왔어." 미친 여자가 대답했다. "어딘가에 숨어야 해. 사람들이 늪을 지나 이쪽으로 오고 있으니 곧 그 애를 찾을 거야. 아, 난 정말 그럴 작정이 아니었어. 그럴 작정이 아니었어, 엠. 내가 그럴 작정이 아니었다는 건 하느님만이 아시겠지."

엠은 새디를 멍하니 보았다. "무슨 말을 하는 거예요?" 그녀는 물었다.

"그 헨더슨네 아들 말이야." 새디가 울부짖었다. "걔가 숲 속에서 나를 잡았어. 나를 꼭 붙잡고 움켜쥐고 다른 사람들 들으라고 소리를 지르는 거야. 나는 어떻게 해야 할지 몰랐어. 겁도 났고. 걔 발을 걸었는데. 뒤로 넘어지는 거야. 그래서 내가 걔한테 덤벼들면서 머리를 큰 돌멩

이로 쳤어. 그냥 나도 모르게 멈추지 못하고 계속 돌로 내리쳤어. 개를 쓰러뜨릴 생각이긴 했지만, 정신을 차리고 보니까—아, 세상에!"

새디는 문에 등을 기대며 킥킥거리다 웃음을 터뜨렸다. 곧 온 방 안이 거칠고 신경증적인 웃음으로 가득 찼다. 땅거미가 내렸고 석회석 벽난로에서 나오는 환한 불빛이 방 안 여기저기에 기이한 그림자를 연출했다. 그림자는 미친 여자의 검은 눈 속에서 춤추었다. 이 그림자가 새디의 신경증을 후려쳐서 더 거친 광기로 몰아붙이는 듯했다.

엠은 겁도 나고 어지럽기도 한 채로 침대에 걸터앉아 있었다. 그녀의 눈 속에는 당혹감과 공포가 가득했다. 그녀는 새디로, 그녀의 어둡고 사악한 웃음으로, 최면에 걸려버렸다.

"하지만 넌 나한테 여기 있어도 된다고 할 거지, 엠?" 여자는 새된 소리로 말했다. 그러면서 엠의 눈을 들여다보았다. 웃음은 그쳤다. "부탁이야, 엠." 새디는 애원했다. "나 그 사람들에게 잡히고 싶지 않아. 죽고 싶지 않다고. 살고 싶어. 그 사람들이 나한테 이렇게 한 거야. 나를 지금 이 모습으로 만들었다고."

새디는 불을 들여다보았다. 가야만 한다는 것을 알았다. 이윽고 그녀는 물었다. "엠, 늪 중에서 오늘 사람들이 수색하지 않을 부분은 어디야?"

엠은 신중하게 일어나 앉았다. 두 눈은 신경증적 눈물이 흘러 타는 듯 따끔했다. "호킨스네 구역은 내일까지는 수색하지 않을걸요." 거짓말을 할 때 엠은 위장이 가라앉는 느낌을 받았다. 천 년 동안 아래로 떨어지고 있는 기분이었다.

"잘 있어, 엠."

"잘 가요, 새디."

새디는 앞문으로 걸어 나갔고, 엠은 새디가 늪 가장자리에 이르러 어둡고 정글 같은 심연 속으로 사라질 때까지 바라보았다.

✺

엠은 침대에 쓰러져 울기 시작했다. 울다가 열에 들뜬 잠으로 빠져들었다. 그러다 남자들이 이야기하는 소리에 잠에서 깼다. 어두운 마당을 내다보니 조지와 행크 시먼스, 보니 야버가 집을 향해 오고 있었다.

엠은 벌떡 일어나서 젖은 수건을 가져와 얼굴을 닦았다. 그런 후에 부엌의 등을 켜고 앉아서 잡지를 읽고 있노라니 남자들이 들어왔다.

"안녕, 여보." 조지가 엠의 뺨에 입을 맞췄다. "이런, 몸이 뜨거운데. 당신 괜찮아?"

엠은 고개를 끄덕였다.

"안녕하세요, 엠." 다른 두 남자들도 인사했다.

엠은 굳이 그들의 인사에 답하지 않았다. 자리에 앉은 채로 잡지만 읽었다. 그들은 한 사람씩 수도에서 물을 받아 마셨다.

"아이고, 맛 좋다." 조지가 말했다. "하지만 펀치를 더 탄 걸 마시는 게 어떤가, 친구들?" 그는 보니를 팔꿈치로 쿡 찔렀다.

갑자기 엠은 잡지를 내려놓았다. 조심스럽게 그녀는 남자들을 돌아보았다.

"저기, 저기……" 엠의 목소리는 약간 떨렸다. "새디는 찾았나요?"

"응." 조지가 대답했다. "호킨스네 땅 늪이 있는 곳의 수렁 쪽 소용돌이에서 찾았어. 물에 빠져 죽었더라고. 내 생각엔 자살한 거 같아. 하지만 그 얘기는 하지 말자. 정말 끔찍하기 그지없었거든, 정말—"

하지만 조지는 말을 끝맺을 수 없었다. 엠이 탁자에서 벌떡 일어나더니 등을 쳐서 넘어뜨리고 침실로 뛰어가버렸기 때문이었다.

"이런, 아내가 뭐 때문에 저리 심란해하는지 알다가도 모르겠다니까." 조지가 말했다.

늪의 공포 Swamp Terror

"그래, 내 이 말만은 똑똑히 해두겠는데, 제프, 니가 그 탈옥수 찾으러 이 숲 속으로 들어가면, 니는 타고난 정신머리 같은 건 하나도 없는 거야."

이 말을 한 소년은 체구가 작고 개암 같은 갈색 얼굴엔 주근깨가 덮여 있었다. 그는 동무를 간절한 눈으로 쳐다보았다.

"잘 들어." 제프는 말했다. "내가 뭔 짓 하는지는 내가 제일 잘 알아. 니 충고도 건방진 소리도 필요 없다구."

"야, 너 정말 미쳤구나. 니가 늙은 탈옥수 잡겠다고 저 으스스한 옛날 숲에 들어가는 걸 너네 엄마가 알면 뭐라고 하시겠냐?"

"야, 렘미, 너한테 무슨 충고 같은 거 해달라 했냐? 글고 여기까지 졸졸 따라와달라고 부탁도 안 했다구. 그러니까 넌 이제 돌아가. 피트랑 내가 가서 그놈 찾을 테니까. 우리 둘이, 우리 둘이서만 가서 저 수색대한테 탈옥수 있는 곳을 말해주면 되겠지. 안 그래, 피트?" 제프는 옆에서 타박타박 걷고 있는 누렁개를 토닥였다.

소년들은 좀 더 아무 말 없이 걸었다. 렘미라고 불린 소년은 어떻게 할지 갈피를 잡을 수 없었다. 숲은 어둡고 무척이나 조용했다. 이따금 새 한 마리가 나무 사이에서 파닥이거나 노래했다. 길이 시냇물에 가까워지자, 바위를 지나고 작은 폭포로 떨어지며 졸졸 흐르는 물소리가 들려왔다. 그래, 실로 너무나 조용했다. 렘미는 다시 숲 가장자리를 홀로 걸어 돌아간다는 생각을 하는 것만도 싫었다. 하지만 제프와 함께 계속 간다는 생각은 더 싫었다.

"그럼, 제프." 렘미는 마침내 말했다. "나는 그냥 천천히 돌아가볼래. 여기 안으로 더 들어가면 안 될 것 같아. 일케 나무들도 많구, 사방에 덤불 천지인데, 탈옥수가 뒤에 숨어 있다가 덤벼들 수도 있잖아. 글고 너를 끝장내버릴 수도 있어."

"야, 그럼 돌아가, 겁쟁이 녀석. 니 혼자 숲 속을 헤치고 돌아갈 때 그놈이 널 덮칠걸."

"뭐, 그럼 안녕. 내일 학교에서 보자."

"어쩌면. 잘 가."

제프는 렘미가 덤불을 지나 뛰어가는 소리를 들었다. 후다닥 뛰는 발소리가 겁먹은 토끼 같았다. 쟤가 그렇다니까. 제프는 생각했다. 겁먹은 토끼. 애기 렘미가 바로 그 꼴이야. 아예 데려오지 말 걸 그랬어. "안 그러냐, 피트?"

제프가 마지막 말을 소리 내어 하는 바람에 늙은 누렁개는 갑작스레 깨진 침묵에 놀랐는지 짧고 겁먹은 소리로 약하게 짖었다.

둘은 침묵 속에 걸었다. 이따금 제프는 발길을 멈추고 서서 숲 속에서 들리는 소리에 주의 깊게 귀를 기울였다. 하지만 자기 말고는 여기에 다른 존재가 지나가고 있다는 흔적을 알리는 소리 같은 건 전혀 들리지 않았다. 이따금, 부드러운 녹색 이끼가 깔리고 크고 하얀 꽃송이들로 덮인 키 큰 목련나무 그늘 공터에 이르기도 했다. 죽음의 냄새였다.

"렘미 말을 들을 걸 그랬나. 여기 확실히 으스스하네."

제프는 이따금 나무 우듬지를 올려다보며 푸른 조각을 보았다. 숲의 이 부분은 너무도 어두웠다. 거의 밤이나 다름없었다. 갑자기 윙윙거리는 소리가 들렸다. 바로 그 순간 제프는 알아챘다. 그는 공포로 마비가 되어 우뚝 멈췄다. 다음 순간 피트가 짧고 끔찍한 소리로 약하게 깽 짖었다. 마법이 깨졌다. 제프는 돌아보았다. 커다란 방울뱀이 두 번째로 공격할 태세를 취하고 있었다. 제프는 될 수 있는 한 멀리 뛰려 하다가 발이 걸리며 얼굴부터 철퍼덕 넘어졌다. 오, 맙소사! 이제 끝이었다. 소년은 뱀이 허공에서 자기를 향해 덤벼드는 모습을 보리라 각오하고 가까스로 눈을 들어 두리번거렸지만, 마침내 시야가 또렷해졌을 때는 아무것도 없었다. 그다음 순간, 꼬리 끄트머리와 딸랑이는 방울들이 달린 기다란 밧줄 같은 몸이 덤불 아래로 스르르 기어가는 게 보였다.

몇 분 동안 제프는 움직일 수 없었다. 충격으로 너무 어지러웠고, 무서운 마음에 몸의 감각이 없었다. 마침내 그는 팔꿈치를 대고 몸을 일으켜서 피트를 찾았지만, 피트는 어디에서도 보이지 않았다. 제프는 벌떡 일어나서 미친 듯이 개를 찾기 시작했다. 마침내 발견했을 때는, 피트는 붉은 도랑 바닥으로 굴러떨어져 있었고, 온몸이 뻣뻣하게 부어오른 채로 죽어 있었다. 제프는 울지 않았다. 너무 겁이 나서 그럴 수조차 없었다.

그럼 이제는 무엇을 해야 하나? 제프는 자기가 어디 있는지도 몰랐다. 소년은 뛰기 시작했고 곧이어 미친 듯이 숲을 헤치고 나갔지만 길을 찾을 수 없었다. 아, 대체 무슨 소용이지? 그는 길을 잃었다. 다음 순간 시내가 있었다는 사실을 기억해냈지만 그것도 소용없었다. 시내는 늪으로 흘렀고, 군데군데 너무 깊어서 걸어서 건널 수가 없었다. 그리고 여름에는 물뱀이 득시글거릴 것이었다. 어둠이 다가왔고 나무들이 으스스한 그림자를 주위에 드리우기 시작했다.

대체 그 탈옥수는 여기서 어떻게 버틴대? 제프는 생각했다. 아, 이런, 탈옥수! 까맣게 잊고 있었네. 여기서 빠져나가야겠다.

그는 뛰고 또 뛰었다. 마침내 어떤 공터에 도착했다. 한가운데에 달이 비치고 있었다. 꼭 대성당처럼 보였다.

나무에 올라가면 들판이 보일 거야. 제프는 생각했다. 그러면 거기까지 가는 길을 찾을 수 있겠지.

그는 가장 높은 나무를 찾아 둘러보았다. 곧고 매끄러운 플라타너스로, 밑동 가까운 자리에는 가지도 없었다. 하지만 제프는 나무를 잘 탔다. 어쩌면 할 수 있을 것도 같았다.

그는 나무둥치를 강하고 작은 다리로 붙들고 조금씩 몸을 위로 밀어 올렸다. 붙잡을 수 있는 가지가 가장 가까운 데 어디에 있나 올려다보느라 머리는 뒤로 쭉 뺐다. 나뭇가지에 닿자 그걸 붙잡고 나무 밑동에서 다리를 풀어 대롱대롱 매달렸다. 순간, 허공에 매달려 있으려니 떨어질 것만 같은 기분이 들었다. 곧이어 제프는 한 다리를 옆 나뭇가지에 올리고 걸터앉아 숨을 골랐다. 잠시 후 계속 이 가지에서 저 가지로 올랐다. 땅은 점점 더 멀어졌다. 꼭대기에 오르자 소년은 우듬지 위로 머리를 내밀고 돌아보았지만, 나무 위에는 아무것도 보이지 않았다. 사방이 나무 천지였다.

제프는 나뭇가지 중 가장 넓고 가장 튼튼해 보이는 것으로 내려갔다. 땅을 멀리 둔 여기 위에서는 안전한 느낌이었다. 여기 위에서는 그 누구도 자기를 볼 수 없었다. 나무에서 밤을 보낼 수도 있을 것 같았다. 정신 맑은 상태로 깨어서 잠들지 않을 수만 있다면. 하지만 제프는 너무나 피곤해서 모든 게 빙글빙글 도는 것만 같았다. 잠깐 눈을 감았을 뿐인데 하마터면 균형을 잃을 뻔했다. 제프는 화들짝 놀라며 환각 상태에서 깨어나서 양 볼을 찰싹 찰싹 때렸다.

무척이나 조용했다. 귀뚜라미나 황소개구리의 한밤의 세레나데조차 들을 수 없었다. 아니, 모든 것이 고요하고 무시무시하며 신비스러웠다. 저건 뭐였지? 제프는 퍼뜩 놀랐다. 어떤 목소리들이 들렸다. 목소리는 점점 다가왔다. 거의 제프에게까지 이르렀다! 제프는 땅을 내려다보았고, 덤불 속에서 움직이는 두 사람의 형체를 보았다. 그들은 공터로 향하고 있었다. 오, 오, 하느님 감사합니다! 수색대임이 분명했다.

하지만 그때 한 목소리를 들었다. 작고 겁에 질려 비명을 지르는 소리. "멈춰요! 아, 제발, 제발 저 좀 놔주세요! 집에 가고 싶어요!"

제프가 이전에 어디서 저 목소리를 들었더라? 물론, 그건 렘미의 목소리였다!

하지만 렘미가 이 숲 여기 아래서 무엇을 하고 있는 걸까? 벌써 집에 가지 않았나? 누가 쟤를 데리고 있는 거지? 모든 생각이 제프의 마음속에서 줄달음질쳤다. 그때 갑자기 무슨 일이 일어나는지에 대한 깨달음이 서서히 마음속에 떠올랐다. 탈옥수가 렘미를 잡은 것이었다!

깊고 위협적인 목소리가 공기를 갈랐다. "입 닥쳐, 이 자식!"

렘미가 겁에 질려 흐느끼는 소리가 들렸다. 그들의 목소리는 이제 꽤 뚜렷했다. 그들은 이제 거의 나무 바로 아래에 와 있었다. 제프는 겁에 질려 숨을 죽였다. 심장이 쿵쿵 뛰는 소리가 들리고, 위장의 근육이 꼬여 아픔이 느껴졌다.

"여기 앉아, 꼬마 녀석." 탈옥수가 명령했다. "그리고 망할, 그만 울어!"

제프는 렘미가 무력하게 땅에 주저앉아 부드러운 이끼 위에 구르며 필사적으로 흐느끼는 소리를 막으려고 하는 모습을 볼 수 있었다.

탈옥수는 여전히 서 있었다. 그는 덩치가 크고 근육이 울룩불룩했다. 제프는 그의 머리카락은 볼 수 없었다. 거대한 밀짚모자로 덮여 있었기 때문이었다. 교도소에서

죄수들이 노역할 때 쓰는 그런 유였다.

"자, 말해봐, 꼬마 녀석." 그는 렘미를 찌르며 요구했다. "몇 명이나 나를 수색하고 있지?"

렘미는 아무 말 하지 않았다.

"대답해!"

"몰라요." 렘미는 희미하게 대답했다.

"알았어. 좋아. 하지만 말해. 숲의 어느 부분을 벌써 수색했지?"

"몰라요."

"아, 망할." 탈옥수는 렘미의 뺨을 갈겼다. 렘미는 다시 또 발작을 일으켰다.

아, 아니야! 아니야! 내게 이런 일이 생길 리가 없어. 제프는 생각했다. 이건 모두 꿈이야, 악몽이야. 깨어나면 현실이 아니었다는 걸 알게 될 거야.

제프는 눈을 감았다 떴다. 이 모든 것이 그저 악몽임을 증명하기 위한 신체적 노력이었다. 하지만 그들은 그대로였다. 탈옥수와 렘미. 그리고 제프는 여기 숨 쉬는 것조차 무서워하며 나무 위에 걸터앉아 있었다. 뭔가 무거운 걸 들고 있었더라면, 탈옥수의 머리 위에 떨어뜨려서 때려눕

힐 수 있었을 텐데. 하지만 아무것도 없었다. 제프는 생각의 흐름을 멈추었다. 탈옥수가 다시 입을 열었기 때문이었다.

"자, 말해봐, 꼬마. 여기 밤새 있을 수는 없다고. 달도 나오고 있잖아. 비가 올지도 몰라." 탈옥수는 나무 우듬지 사이로 보이는 하늘을 훑었다.

제프는 피가 공포로 얼어붙었다. 마치 탈옥수가 자기를 똑바로 올려다보는 것만 같았다. 탈옥수는 제프가 앉은 바로 그 나뭇가지를 똑바로 보고 있었다. 언제라도 제프를 볼 수 있었다. 제프는 눈을 감았다. 몇 초가 몇 시간처럼 쿵쿵거리며 지나갔다. 마침내 용기를 그러모아 다시 바라봤을 때는, 탈옥수가 렘미를 땅에서 일으키려는 모습이 보였다. 다행히 제프를 보지는 못한 것이었다!

탈옥수가 말했다. "자, 꼬마, 한 대 호되게 먹이기 전에 일어서라." 그는 렘미를 감자 포대처럼 반쯤 일으켰다. 그러다가 갑자기 툭 떨어뜨렸다. "그 울음 닥치지 못해!" 탈옥수는 렘미를 향해 소리를 질렀다. 그 목소리의 어조는 전류가 흐르는 듯 강렬해서, 렘미는 죽은 듯 뚝 그쳤다. 뭔가 이상이 있었다. 탈옥수는 나무 옆에 서서 숲을 향해 주의 깊게 귀를 기울였다.

그때, 제프도 들었다. 무언가 덤불 속을 헤치고 오고 있었다. 가는 나뭇가지들이 딱 부러지고 관목들을 우수수 스치는 소리가 났다. 제프는 앉은 자리에서 소리의 정체를 볼 수 있었다. 열 명의 남자들이 공터를 둥글게 에워싸고 좁혀오고 있었다. 하지만 탈옥수는 소리만 들을 수 있을 뿐이었다. 그는 뭔지 확실히 알 수 없었다. 탈옥수는 공포에 질렸다.

렘미가 고함을 질렀다. "우리 여기 있어요! 여기, 이 사람이!" 하지만 탈옥수가 그를 붙잡았다. 그는 몰래 렘미의 얼굴을 땅에 짓눌렀다. 작은 몸이 꿈틀거리며 발버둥치다가 갑자기 축 늘어져 무척 잠잠해졌다. 제프는 탈옥수가 한 손을 소년의 뒤통수에서 떼는 것을 보았다. 렘미에게 무슨 이상이 생겼다. 다음 순간, 제프는 퍼뜩 깨달았다. 그저 알고 있었던 사실 같았다. 렘미는 죽었다! 탈옥수가 렘미의 숨을 막아 죽였다.

남자들은 더는 슬금슬금 기어 오지 않았다. 그들은 격하게 덤불을 뚫고 들어왔다. 탈옥수는 갇혔다는 것을 알았다. 그는 제프가 숨은 나무둥치에 등을 대고 흐느끼기 시작했다.

곧이어 모든 것이 끝났다. 제프가 고함을 지르자 남자들이 제프를 잡으려 손을 뻗었다. 제프는 다친 데 없이 어떤 남자의 품 안으로 뛰어내렸다.

탈옥수는 수갑을 차며 울부짖었다. "저 망할 꼬마! 모두 저 녀석 잘못이야!"

제프는 렘미를 보았다. 한 남자가 그 애 위로 몸을 숙였다. 제프는 남자가 옆에 서 있던 다른 남자에게 몸을 돌리며 말하는 소리를 들었다. "그래, 확실히 죽었네."

바로 그때 제프는 웃음을 터뜨렸다. 소년은 발작적으로 웃음을 터뜨렸고, 뜨겁고 짭짤한 눈물이 뺨을 타고 흘러내렸다.

익숙한 이방인 The Familiar Stranger

/

"그리고 블라." 내니가 불렀다. "가기 전에 여기 와서 내 베개 좀 고쳐주고 가. 이 흔들의자 끔찍하게 불편해."

"네, 아씨, 알겠구먼요. 곧 가요."

내니는 무거운 한숨을 내쉬었다. 그녀는 신문을 집어 1면을 엄지손가락으로 넘겨가며 사교란을 찾았다. 아니면 사회면 칼럼을 읽었다. 콜린스빌에는 진짜 사교계란 없었기 때문이었다.

"어디 볼까." 그녀는 오만한 코에 얹힌 뿔테안경을 바로잡으며 말했다. "'얀시 베이츠 부부가 모빌에 있는 친척 방문.' 특별할 것도 없네. 사람들이야 늘 서로 방문하잖아." 그녀는 속마음을 반쯤 소리 내어 말했다. 그런 후에는 부고란으로 넘겼다. 그녀는 그런 기사를 읽으면 늘 음침한 기쁨을 느끼곤 했다. 매일매일 평생 알고 지내던 사람들, 함께 자란 남자들과 여자들이 모두 죽어갔다. 그녀는 다른 사람들이 무덤 속에 차갑고 고요하게 누워 있는 동안 자기는 아직도 살아 있다는 사실이 자랑스러웠다.

뷸라가 방으로 들어왔다. 그녀는 내니 양이 앉아서 신문을 읽는 흔들의자 쪽으로 다가왔다. 그녀는 나이 들어가는 여자의 등 뒤에 댄 베개를 꺼내서 부풀려준 후 주인의 등 뒤에 다시 편안하게 대주었다.

"기분이 훨씬 낫네, 뷸라. 매년 이맘때면 이 류머티즘이 도지는 거 알지. 어찌나 아픈지 속수무책인 기분이 든다니까. 정말 그래, 속수무책이야."

뷸라는 동감하고 동정하는 뜻으로 고개를 끄덕였다.

"네, 아씨, 지도 어떤지 알지요. 우리 삼춘도 한번은 그것 때문에 죽을 뻔했다니께요."

"여기 신문에 있더라, 뷸라, 윌 라슨이 어디에서 죽었는지. 아무도 나를 부르거나 나한테 말해주지 않다니 참 웃겨. 그 사람 옛날에 내 친구였거든. 알지, 뷸라, 아주 좋은 친구였어." 그녀는 설레설레 고개를 저었다. 물론, 그가 한

때는 자신을 따라다니던 한 부대의 유령 숭배자들 중 한 명이었다는 뜻을 은근히 내포하는 것이었다.

"에." 뷸라는 벽에 기대놓은 거대한 괘종시계를 슬쩍 보았다. "지는 아씨 약을 가지러 의사 선상님 댁에 다녀오는 게 좋겠구먼요. 거기 가만히 계셔요. 금방 댕겨올 테니께."

뷸라는 문밖으로 사라져버렸고, 5분쯤 후 내니는 현관이 쾅 닫히는 소리를 들었다. 내니는 다시 한 번 신문을 훑어보았다. 사설에 관심을 가져보려 했다. 제안 중인 새 가구 공장에 관한 기사를 읽어보았다. 하지만 언제나 어떤 저항할 수 없는 자력을 따라 그녀는 부고란으로 돌아가곤 했다. 그녀는 부고란을 두세 번 읽었다. 그래, 그들 모두 알았던 사람이었다.

내니는 벽난로에서 불타는 환한 빨강과 파랑의 불꽃을 들여다보았다. 이 벽난로를 몇 번이나 들여다보았을까? 추운 겨울 아침, 환한 조각이불 아래서 일어나 발이 얼 것같이 차가운 바닥을 콩콩 뛰어 거기서 힘들게 불을 지폈던 때가 몇 번이나 되었더라? 수천 번은 되었겠지! 그녀는 중심 주택가에 있는 이 집에 늘 살았고, 그녀의 아버지도, 아버지의 아버지도 마찬가지였다. 그들은 진정한 개척자였으며, 그녀는 자신의 유산을 자랑스러워했다. 하지만 그 모든 것도 과거가 되었고, 어머니와 아버지도 돌아가셨으며, 옛 친구들도 천천히, 거의 다른 사람들 눈에 띄지 않고 세상을 떴다. 이것이 일종의 한 왕조, 남부 귀족 가문의 소멸이라는 것을 생각하는 이는 거의 없는 듯했다. 동네, 마을, 도시. 그들은 밤에 소멸하고 있었다. 그들 삶의 작은 불꽃은 그렇게 낯설고 보이지 않는 힘으로 꺼지는 중이었다.

내니는 무릎 위에 놓인 신문을 치우고 눈을 감았다. 방 안의 열기와 답답한 느낌 때문에 졸렸다. 거의 잠에 빠져들려는 때, 괘종시계가 울리며 정각을 알리자 깨어났다. 하나, 둘, 셋, 넷……

고개를 들었을 때 그녀는 약간 놀란 표정이었다. 자기 말고 누군가 방에 있다는 감각을 느꼈다. 그녀는 손을 뻗어 안경을 집어 걸치고는 방 안을 둘러보았다. 모든 것이 정리된 것만 같았다. 끔찍하리만큼 조용했고, 거리를 지나는 차 소리 하나 들리지 않았다.

마침내 눈에 초점이 맞춰졌을 때, 그는 바로 그녀의 앞에 서 있었다. 그녀는 숨을 살며시 들이켰다.

"아." 그녀는 말했다. "당신이군요."

"그럼, 저를 아십니까?" 젊은 신사가 말했다.

"얼굴이 익숙한 듯하네요." 그녀의 목소리는 침착했지만 약간 놀란 듯 들렸다.

"그럴 만도 하지요." 신사는 유려하게 말했다. "저도 당신을 무척 잘 아니까요. 아주 어린 소녀일 때 한번 본 기억이 납니다. 꽤 귀여운 아이였는데. 제가 어머님을 방문하러 왔던 때를 기억하십니까?"

내니는 그를 빤히 쳐다보았다. "아뇨, 기억나지 않아요. 내 어머니를 아실 리가. 당신은 무척 젊잖아요. 나는 늙은 여자고, 내 어머니는 당신이 태어나기도 전에 돌아가셨을 테니."

"아, 아닙니다. 아니에요. 저는 당신 어머님을 무척 잘 기억하고 있습니다. 아주 사려분별 있는 여성이셨죠. 당신도 어머님을 꽤 닮으셨네요. 코, 눈, 그리고 두 분 다 똑같은 백발이셔서. 정말 대단한데요, 정말!" 남자는 그녀를 내려다보았다. 그의 눈은 무척 검었고, 입술은 무척 붉어서 입술연지라도 바른 것만 같았다. 늙은 여인의 눈엔 매력적으로 보였다. 그녀는 자기가 그에게 끌리는 것을 느꼈다.

"이제 기억나네요. 네, 물론이죠. 나는 그저 어린 소녀였지만. 그래도 기억나네요. 어느 무척 늦은 밤에 와서 나를 깨웠잖아요. 그 밤." 그녀는 갑자기 숨을 들이마셨다. 깨달음과 공포의 빛이 눈에 스쳤다. "그 밤 내 어머니가 돌아가셨죠!"

"맞아요, 세상에, 하지만 대단한 기억력이시네요. 그렇게 늙은 분치고는!" 마지막 말을 할 때는 그의 목소리가 일부러 꺾였다. "하지만 그 이후에도 저를 여러 번 기억하실 텐데요. 아버님이 돌아가시던 날, 그 외에도 수없이 여러 번 있었죠. 그래요, 정말 그렇습니다. 저는 당신을 여러 번 봤고, 당신도 저를 여러 번 봤죠. 오로지 지금, 이 순간에야 저를 알아봤어야 하지만요. 왜, 요전 날 밤에는 당신의 옛 친구와도 이야기를 했지요, 월 라슨요."

내니의 얼굴이 하얗게 질렸다. 눈은 머릿속에서 타올랐지만, 그 남자의 얼굴에서 눈을 뗄 수 없었다. 그가 자신에게 손을 대는 게 싫었다. 그가 손을 대지 않는 한은 무척 안전한 기분을 느꼈다. 이윽고 그녀는 공허한 목소리로 말했다.

"그러면 당신은 분명히—"

"이제 오세요." 이방인은 말을 끊었다. "친애하는 부인, 옥신각신하진 말기로 하죠. 그렇게 나쁘지 않을 겁니다. 사실상 오히려 유쾌한 감각이지요."

그녀는 의자 양옆을 붙들고 열에 들떠 흔들었다. "떨어져요." 그녀는 쉰 목소리로 속삭였다. "나한테서 떨어져요. 내게 손대지 말아요. 아직, 지금은 아니에요. 내가 생에서 얻을 수 있는 게 이게 다란 말이에요? 그건 공정하지 않잖아요. 가버려요, 제발!"

"아." 매끈한 젊은 신사는 웃었다. "부인, 피마자유를 먹어야 하는 어린이처럼 구시네요. 조금도 불쾌하지 않을 거라는 걸 확실히 말씀드릴 수 있습니다. 자, 여기로 오세요. 가까이, 좀 더 가까이. 제가 부인 이마에 입을 맞출 겁니다. 전혀 고통이 없고, 무척 조용하고 편안한 기분을 느끼실 거예요. 잠에 빠져드는 것과 똑같을 거예요."

내니는 의자에 앉은 채로 될 수 있는 한 몸을 뒤로 뺐다. 남자의 붉게 바른 입술이 점점 가까이 오고 있었다. 그녀는 비명을 지르고 싶었지만 숨조차 쉴 수 없었다. 이런 것이리라고는 생각도 해본 적이 없었다. 그녀는 의자의 가장 낮은 구석으로 웅크리면서 베개 하나를 얼굴에 꼭 갖다 댔다. 그는 강했다. 그녀는 그가 베개를 자기 얼굴에서 치우는 것을 느꼈다. 그의 얼굴, 오므린 입술, 애정이 넘치는 눈, 그는 그로테스크한 연인 같았다.

내니는 문이 쿵 닫히는 소리를 들었다. 그녀는 될 수 있는 한 크게 비명을 질렀다. "뷸라, 뷸라, 뷸라!" 뛰어오는 발소리가 들렸다. 그녀는 베개를 치워버렸다. 흑인 여자의 검은 얼굴이 그녀를 내려다보고 있었다.

"왜 그러셔요, 내니 아씨? 어디 아프셔요? 의사 선상님을 부를까요?"

"어디에 있어?"

"누가 어디 있단 말이여요, 내니 아씨? 무슨 말씀이여요?"

"그 남자가 여기 있었어. 그 남자 봤어. 나를 찾으러 왔어. 오, 뷸라, 그 남자가 여기 있었어."

"에고, 내니 아씨, 또 악몽을 꾸셨구먼요."

내니의 눈은 발작적인 보랏빛 섬광을 잃어버렸다. 그녀는 영문을 몰라 하는 뷸라에게서 시선을 돌렸다. 벽난로의 불꽃이 서서히 사그라들었고, 마지막 불꽃은 으스대며 춤추었다.

"악몽이라고? 이번이? 그럴까 모르겠네."

루이즈 Louise

1

에설은 슬쩍 문을 열고 어두운 복도 위아래를 살폈다. 복도는 사람 하나 없었고, 그녀는 문을 닫으면서 안도의 한숨을 내쉬었다. 뭐, 한 가지는 해치웠으니 알아내야 할 건 루이즈가 우편물을 보관해놓지 않았는지, 아니면 태워버렸는지 하는 것이었다. 다른 사람들은 아래층 저녁 식사 자리에 앉아 있겠지. 그녀는 생각했다. 나는 심각한 두통이 있었다고 말할 거야.

에설은 슬금슬금 계단을 기어 내려가 재빨리 거대한 현관을 지나고, 테라스 건너편으로 가 식당으로 들어갔다. 방 안에는 여자애들이 웃고 떠드는 소리가 가득했다. 눈에 띄지 않게, 에설은 '어린 숙녀를 위한 버크 양의 학원'의 은근히 가식적인 식당으로 들어가 네 번째 식탁의 사감 옆에 앉았다.

사감의 캐묻는 눈길에 대한 대답으로 에설은 거짓말을 했다. "두통을 심하게 앓았어요. 잠깐 누워서 쉬다가 깜빡 잠이 들었던가 봐요. 저녁식사 종소리를 못 들었어요." 에설은 버크 양이 모든 학생들이 습득하기를 간절히 바라는 매끄럽고 완벽한 어구와 억양으로 말했다. 에설은, 버크 양의 의견에 따르면, 여러 학생 중에서도 선생이 바랄 수 있는 모든 면의 전형 같은 학생이었다. 배경도 좋고 부유하고 확실히 무척이나 영특한 두뇌의 열일곱 살 어린 숙녀. 학원의 소녀들 다수는 에설을 다소 멍청한 쪽이라고, 즉 생활 면에서는 그렇다고 생각했다. 에설은, 반대로, 자기가 인기 없는 건 루이즈 세몽 탓으로 돌렸다. 섬세한 아름다움을 지닌 프랑스 소녀, 루이즈 세몽.

루이즈는 학원의 여왕벌이라고 일반적으로 인정받고 있었다. 소녀들은 루이즈를 숭배했고, 선생들은 루이즈의 두뇌와 거의 으스스하다 싶은 아름다움 양쪽 모두 질투하면서도 감탄했다. 루이즈는 키가 크고, 비율이 근사했으며, 피부는 진한 올리브색이었다. 칠흑 같은 머리카락이 얼굴을 감싸며 어깨까지 풍성하게 구불구불 흘러내렸다. 어떤 빛 아래서는 푸른빛 후광을 드리우기도 했다. 네 번째 식탁의 사감이 한때 황홀한 감탄을 담아 외친 표현에 따르면 루이즈의 눈은 밤처럼 검었다. 그 애는 모든 사람들에게 살뜰히도 사랑받았다. 에설과, 아마도 버크 양 본인만 빼고는 모두. 버크 양은 이 소녀가 온 학교에 미치는 영향에 대해 모호한 분개심을 품고 있었다. 그런 분위기가 학교나 그 소녀 본인에게 좋다고 생각하지 않았다. 소녀는 프랑스의 프티 에콜과 스위스의 만토네 아카데미에서 탁월한 추천서를 받아 왔다. 버크 양은 이 소녀의 양친 중 어느 쪽도 만난 적은 없었다. 그 부모는 제네바에 있는 자기네 샬레*에 산다고 했다. 모든 조치는 루이즈의 미국인 후견인인 니콜 씨를 통해서 이루어지고, 버크 양은 매년 그에게서 수표를 받았다. 루이즈는 가을 학기 시작과 함께 도착했고, 다섯 달 만에 온 학

◆ 통나무 벽과 돌 지붕이 있는 스위스식 집.

원을 자기 손아귀에 넣었다.

에설은 이 세몽 여자애를 멸시했다. 소문으로는 프랑스 백작과 코르시카계 상속녀 사이에 난 딸이라고 했다. 에설은 루이즈에 관한 모든 것을 미워했다. 외모, 인기, 개성과 태도의 작은 세세한 부분까지도. 그리고 에설은 정확한 이유를 알 수 없었다. 상당수가 질투 때문이긴 하지만, 그래도 질투하고 있기 때문만은 아니었다. 루이즈가 자기를 몰래 비웃고 있다고 생각했다든가, 에설이 존재하지도 않는 사람인 양 행동했기 때문도 아니었다. 그 밖의 다른 이유였다. 에설은 다른 사람들은 꿈도 꾸지 못할 무언가가 루이즈에게 있는 게 아닌가 의심했다. 그리고 자기 생각이 맞는지 알아낼 작정이었다. 그렇게 되면 루이즈는 그렇게 멋진 사람이 아닐 수도 있었다. 그날 오후 방에서는 아무것도 찾지 못하기는 했다. 편지 한 장도 아무것도 없었다. 하지만 에설은 식당을 가로질러 루이즈가 앉아서 명랑하게 웃으며 이야기하는 자리, 관심의 중심에 선 그 탁자로 향하면서 빙그레 미소 지었다. 그날 밤 버크 양과 짧은 면담 시간을 가질 계획이었으니까!

2

버크 양이 거주하는 공간의 응접실, 에설이 초조하게 기다리는 곳에 있는 괘종시계가 8시를 울렸다. 조명은 침침했고, 방의 모퉁이는 어둠 속에 잠겨 있었다. 전체 분위기는 차가웠고 빅토리아 시대풍이었다. 에설은 창문 앞에서 기다리며, 그해의 첫눈을 바라보고 있었다. 헐벗은 나무 위를 하얀 외투처럼 감싸고 땅을 흙먼지 어린 은색의 망토로 덮는 눈. '언젠가 이에 대해서 시를 한 편 써야겠어. 첫눈, 에설 펜들턴 작.' 에설은 맥없이 웃으며 어두운 태피스트리로 덮인 의자 위에 앉았다.

방의 반대편에 있는 문이 열리더니 밀드레드 바넷이 버크 양의 개인 거실에서 나타났다.

"좋은 밤 되세요, 버크 선생님. 도와주셔서 정말 감사합니다."

에설은 그늘 속에서 벗어나 응접실을 재빨리 가로질러 갔다. 소녀는 버크 양의 거실 문 앞에 서서 심호흡을 했다. 에설은 자기가 무슨 말을 할지 알았다. 어쨌든, 버크 양도 자신이 의심해오던 사실을 알아야 했다. 이건 오로지 학교의 이익을 위해서였다. 그 밖에 다른 목적은 없었다. 하지만 에셜은 자기 자신에게도 거짓말을 하고 있다는 것을 알았다. 소녀는 문을 살짝 두드린 후 버크 양의 높은 목소리가 들릴 때까지 기다렸다.

"들어오세요."

버크 양은 벽난로 앞에 앉아 자기 작은 잔에 담긴 커피를 마시고 있었다. 방 안에 다른 조명은 없었고, 에셜은 버크 양의 발치에 있는 부드러운 쿠션 위에 앉으며 이곳은 기이하게도 크리스마스카드에 나오는 평화와 행복의 장면과 비슷하다고 생각했다.

"나를 이렇게 찾아주다니 참 착하구나, 에셜. 내가 뭐 해줄 일이라도 있니?"

에셜은 웃음이 터질 뻔했다. 무척이나 우습고 역설적이었다. 15분 후면 이 나이 지긋하고 침착한 여자는 꽤 동요할 테지.

"버크 선생님, 제가 문득 주지한 사실이 있는데, 선생님께 즉시 보고드려야 하는 일이라고 생각했습니다." 에셜은 버크 양이 진심으로 정확하고 정중하다고 느낄 만한 방식으로 말을 조심스레 고르고 단어에 정확히 강세를 주었다. "루이즈 세몽과 관련된 일입니다. 아시겠지만, 저희 집안과 친한 분인 내과 의사 선생님이 최근 학교로 저를 찾아와주셨는데요……"

버크 양은 작은 잔을 내려놓고 충격 어린 놀라움을 느끼며 에셀의 이야기를 들었다. 버크 양의 위엄 있는 얼굴이 붉어졌다. 그 이야기가 지속되는 동안 그녀는 딱 한 번 감정적으로 말했다. "하지만, 에셀, 이건 그럴 리가 없단다. 나는 정직성을 확신할 수 있는 분을 통해 모든 처리를 했는데. 니콜 씨라는 분 말이지. 분명히 그분은 우리가 그런 일을 허락할 리 없다는 걸 알고 계실 거야. 그런 끔찍한 일을!"

"이 말이 진실이랍니다." 에셀은 이런 불신에 토라져서 말했다. "맹세할 수 있어요! 니콜 씨라는 분에게 내일 전화해보세요. 만약 제 말이 맞다면, 이 상황을 용인할 수 없고, 선생님 학교의 위상을 위험에 빠뜨릴 수 있다는 말씀을 해보세요. 저는 제 말이 맞다는 걸 알아요. 아니, 니콜 씨 말만을 의존해서는 안 됩니다. 분명히 어떤 권위 있는 기관이—"

그러자 버크 양은 고개를 끄덕였다. 그녀는 시간이 흐

를수록 확신을 하면서도 충격은 더 심해진 듯했다. 방 안에는 오로지 에설의 목소리와 불이 부드럽게 가르랑거리는 소리만이 울렸다. 그리고 창문 유리창에 대고 속삭이는 부드러운 눈의 존재만이 있을 뿐이었다.

3

에설이 방에 도착했을 땐 복도에 희미한 불 하나가 타오르고 있을 뿐이었다. 소등 신호가 떨어진 지 족히 한 시간은 지났다. 에설은 어둠 속에서 옷을 갈아입어야 할 것이었다. 에설은 방 안에 들어가자마자 뭔가 잘못되었다는 것을 알았다. 자기 혼자가 아니라는 것을 알았다.

겁에 질려 속삭이는 소리로 에설은 물었다. "거기 누구예요?" 갑작스러운 공포 속에서 그녀는 생각했다. '루이즈야. 어떻게든 알아낸 거겠지. 걔가 안 거야. 그리고 여기로 온 거지.'

이윽고, 에설 본인의 심장박동 위로 부드럽게 비단이 바스락거리는 소리가 들리더니 한 손이 그녀의 팔을 꽉 붙들었다.

"나야, 밀드레드."

"밀드레드 바넷?"

"그래, 네가 하는 짓을 막으려 여기 왔어!"

에설은 웃으려 했지만 어딘가에서 막혀버렸고, 대신 기침만이 터져 나왔다. "나는 네가 무슨 얘기 하는지 조금도, 정말 어렴풋하게라도 모르겠는데. 뭘 막아?" 하지만 자신의 목소리에서 거짓을 느꼈고, 에설은 겁에 질렸다.

밀드레드는 에설을 흔들었다. "내 말이 무슨 뜻인지 알잖아! 너 오늘 밤 버크 선생님 만났잖아! 나는 듣고 있었어. 그게 명예로운 행동은 아닌지 모르지만, 그러길 잘했단 생각이 들어. 네가 오늘 밤 말한 거짓말로부터 루이즈를 도울 수만 있다면."

에설은 자기를 비난하는 자의 팔을 떨쳐버리려 했다. "그만해! 너 때문에 아프잖아!"

"너 거짓말했지. 그렇지 않아?" 밀드레드의 목소리는 분노로 쉬었다.

"아니야, 아니라고. 그건 진실이야. 맹세해. 사실이 아니라면 버크 선생님이 알아내시겠지. 어디 두고 보자고. 그

때가 되면 너도 깜찍한 세몽 양이 그렇게까지 훌륭한 사람이 아니라는 걸 알게 될걸."

밀드레드는 에설을 잡은 손을 놓았다. "잘 들어. 그게 사실이든 아니든 나한테는 눈곱만큼도 중요하지 않아. 너는 개랑 같은 반도 아니잖아." 밀드레드는 잠시 말을 멈추고 조심스레 말을 골랐다. "내 충고를 들어. 버크 선생님에게 가서 네가 거짓말을 했다고 말해. 아니면 나는 너의 안녕을 책임질 수 없어, 에설 펜들턴. 너는 지금 다이너마이트로 장난하고 있는 거야!"

그 말을 작별인사로 남기고, 밀드레드는 문을 열더니 쾅 닫고 가버렸다.

에설은 끔찍한 어둠 속에서 바들바들 떨면서 서 있었다. 루이즈 때문이 아니었다. 개는 전혀 신경 쓰이지 않았다. 다른 애들 때문이었다. 밀드레드는 아마도 다른 애들에게 말해버리겠지. 바로 그 때문에 에설은 갑작스럽게 울음을 터뜨릴 것만 같았다.

4

버크 양은 자기 거실의 소파 위, 거대한 분홍 실크 베개 위에 머리를 대고 누웠다. 두 손으로 눈을 꼭 누르며 두통을 몰아내려고 했다. 두통이 걱정스러운 신경을 갉아먹는 듯했다.

버크 양은 몸을 바르르 떨며 에설이 자기 대신 다른 학생들에게 그 사실을 말하고, 학생들이 곧이어 학부모들에게 그 사실을 말하면 무슨 일이 일어났을까를 생각했다. 그래, 에설은 칭찬받아 마땅했다.

에설이 교장의 사적인 왕국에 들어섰을 때, 응접실의 시계는 5시를 알렸다. 비실비실한 겨울의 태양은 사라져 버렸고, 1월의 회색 황혼이 무거운 커튼을 친 창문 틈으로 약하게 스며 들어왔다. 에설은 버크 양이 감정적으로 심란한 상태임을 알 수 있었다.

"좋은 오후로구나." 버크 양의 목소리는 피곤하고 긴장되어 있었다.

"저를 보자고 하셨다고요?" 에설은 되도록 순진한 표정을 지으며 겉으로는 침착성을 유지하려고 했다.

버크 양은 언짢다는 듯 손짓했다.

"단도직입적으로 얘기하마. 네 말이 맞더구나. 니콜 씨에게 전화를 걸어서 그 소녀의 부모에 대한 완전한 보고서를 요청했어. 어머님은 미국 서부 출신 흑인이라고 하더구나, 정확히 말하면 흑인과 백인 혼혈. 파리에서 선정적인 무용수였고, 부유하고 지체 높은 프랑스인 알렉시스 세몽과 결혼했지. 그러니 루이즈도 네 의심대로 유색인이야. 엄밀하게 말하면 4분의 1 혼혈이랄까. 하지만 당연하게도 그 상황은 용납할 수 없다고, 니콜 씨에게도 설명했다. 즉각적으로 퇴교 조치를 당할 거라고 말했어. 니콜 씨가 오늘 밤 루이즈를 데리러 온다는구나. 당연히, 루이즈와도 면담을 했고 되도록 친절하게 그 상황을 설명했다. 아, 하지만 어째서 이렇게 되었지?"

버크 양은 동정을 구하듯 에설을 바라보았다. 하지만 눈에 보이는 것이라고는 의기양양한 냉소적 웃음을 짓느라 가는 입술을 꾹 다문 소녀의 얼굴이었다. 버크 양은 자기가 이 질투심 많은 소녀의 손에 놀아났다는 사실을 갑작스레 깨달았다. 불현듯 버크 양은 말했다. "부디 나를 혼자 두고 가주겠니."

에설이 가버리자, 버크 양은 소파 위에 누워 루이즈가 자신을 변호하기 위해 했던 모든 말들을 끔찍할 정도로 선명히 떠올렸다. 그런다고 무슨 차이가 있을까? 그 애는 유색인처럼 보이지 않았다. 다른 어떤 애들보다도 영리하고 매력적이었다. 대부분의 아이들보다도 더 좋은 교육을 받았다. 그 애는 여기서 무척 행복했다. 미국은 민주주의가 아니던가?

버크 양은 자기가 한 행동은 해야만 하는 일이었다는 생각으로 자기를 위로하려 했다. 결국, 그녀의 학교는 세련된 기관이었다. 그녀는 속아서 그 애를 받아들였다. 하지만 다른 무언가가 계속 자신의 행동이 틀렸으며 루이즈가 맞았다고 이야기하고 있었다!

5

9시였고, 에설은 침대에 누워 천장을 응시했다. 그 무엇도 생각하지 않고, 그 무슨 소리도 듣지 않으려고 애쓰는 중이었다. 그저 잠에 빠져들어 잊고만 싶었다.

갑자기 문을 부드럽게 두드리는 소리가 났다. 이윽고 문이 열리더니 루이즈 세몽이 거기 서 있었다.

에설은 눈을 꼭 감았다. 이건 미처 예측하지 못한 일이었다.

"뭐 하러 왔어?" 에설은 천장에 대고 말하며 고개를 돌리지도 않았다.

아름다운 소녀는 침대 옆에 서더니 에설의 얼굴을 곧장 내려다보았다. 에설은 그 검은 눈이 자기에게 꽂히는 것을 느꼈고, 그 눈이 눈물로 부어올랐다는 것도 알았다.

"어째서 나한테 이런 짓을 했는지 물어보러 왔어. 너 내가 그렇게 싫니?"

"난 네가 싫어."

"왜?" 루이즈는 진지하게 물었다.

"모르겠어. 제발 가줘. 나 좀 혼자 놔둬!"

루이즈가 문을 여는 소리가 들렸다. "에설, 너는 이상한 애야. 난 널 이해하지 못하겠다." 그러고는 문이 닫혔다.

몇 분 후, 에설은 차로에서 나는 차 소리를 들었다. 소녀는 창문으로 가서 내다보았다. 검은 리무진이 돌 문 사이로 돌아가며 학교 부지를 빠져나갔다. 에설이 몸을 돌렸을 때 눈앞에서 밀드레드 바넷의 얼굴과 맞닥뜨렸다.

밀드레드는 간단히 말했다. "뭐, 에설, 네가 이겼지만 동시에 졌어. 너는 다이너마이트를 가지고 장난하는 거라고 내가 말했지. 그래, 에설, 어떤 면에서는 근사한 묘기를 해냈네. 박수라도 쳐줄까?"

이것은 제이미를 위한 거예요   This Is for Jamie

1

일요일만 빼고는 거의 매일 아침, 줄리 양은 테디를 데리고 공원에 가서 놀게 했다. 테디는 이런 매일의 외출을 좋아했다. 테디는 자전거나 장난감을 가져가서 혼자 재미있게 놀았고, 그동안 테디를 떼어놓고 홀가분해진 줄리 양은 다른 보모들이랑 소문을 주고받거나 장교들과 시시덕거렸다. 테디는 햇볕이 따뜻하고 분수에서 튀는 물이 수정처럼 맑은 안개를 내뿜는 아침의 공원을 제일 좋아했다.

"황금같이 보이지 않아요, 줄리 누나?" 테디는 하얀 옷을 차려입고 꼼꼼히 화장한 보모에게 묻곤 했다.

"차라리 그랬으면 좋겠네!" 줄리 양은 툴툴댔다.

테디가 제이미의 엄마를 만나기 전날 밤은 비가 내렸고 아침 공원은 상큼하고 푸릇푸릇했다. 9월 말을 향해 가고 있었지만, 봄날 아침에 더 가까웠다. 테디는 야성적 활력에 넘쳐 공원의 포장된 길을 뛰어갔다. 그는 인디언, 탐정, 노상강도 귀족, 동화 속의 왕자님이었다. 그는 천사였고, 덤불 속에 잠복하던 도둑들로부터 탈출할 것이었다. 무엇보다도 테디는 행복했고, 혼자 보낼 시간이 두 시간이나 있었다.

테디는 카우보이 밧줄로 놀던 중에 그 여자를 보았다. 그녀는 길을 따라오더니 텅 빈 벤치 하나에 앉았다. 처음에 테디의 관심을 끌었던 건 같이 데리고 온 개였다. 테디는 개를 좋아했고, 한 마리 키우고 싶어 미칠 지경이었지만 아빠가 안 된다고 했다. 강아지 배변 훈련을 하고 싶진 않았지만, 다 큰 개를 들이는 건 어린 강아지를 데려오는 것과 똑같을 리 없다는 이유였다. 여자가 데리고 있는 개는 테디가 늘 원했던 바로 그런 개였다. 털이 센 테리어로, 강아지를 막 벗어났을까 싶었다.

테디는 약간 부끄러운 얼굴로 천천히 걸어가서 개의 머리를 토닥였다. "사내다운 애네." "착한 녀석이군." 영화나 줄리 양이 읽어줬던 모험 이야기에 나오는 대사였다.

여자는 고개를 들었다. 테디는 자기 엄마뻘 정도 될 거라고 생각했지만, 테디의 어머니는 그렇게 머리카락이 아름답지 않았다. 이 여자의 머리카락은 황금 같았고, 구불거리며 부드럽게 보였다.

"무지 멋진 개네요. 나도 저런 개가 있었으면 좋겠다."

여자는 미소를 지었다. 바로 그때 테디는 여자가 무척 예쁘다고 생각했다. "내 개가 아니란다." 여자가 말했다. "내 아들 거야." 여자의 목소리 또한 멋졌다.

즉시 테디의 눈빛이 환해졌다. "아줌마도 저 같은 남자애가 있어요?"

"아, 걔는 너보다는 약간 나이가 많아. 아홉 살이란다."

테디는 열정적으로 외쳤다. "나는 여덟 살이에요, 거의." 테디는 어려 보이는 편이었다. 나이치고는 체구가 작았고 무척 어두웠다. 잘생긴 아이라고 할 수는 없었지만, 다정한 얼굴에 사람의 경계심을 해제시키는 태도가 있었다.

"아줌마 아들 이름은 뭐예요?"

"제이미, 제이미야." 여자는 그 이름을 말하면서 행복해 보였다.

테디는 여자 옆 벤치 위로 올라갔다. 개는 여전히 장난 치고 싶은지 테디에게 계속 뛰어오르며 다리를 긁었다.

"앉아, 프리스키." 여자가 명령했다.

"그게 개 이름이에요?" 테디가 물었다. "무지 귀여운 이 름이다. 정말 멋진 개예요. 나도 개가 있으면 좋을 텐데. 그러면 매일 공원에 데리고 나오고 같이 놀기도 하고, 밤 에는 내 방에 앉아 있을 수도 있고, 그러면 줄리 누나 대 신 개한테 얘기할 수도 있잖아요. 프리스키는 내가 무슨 말을 하든지 괜찮겠죠? 안 괜찮나?"

여자는 깊고, 어떻게 보면 슬픈 웃음을 웃었다. "어쩌면 그래서 제이미가 프리스키를 그렇게나 좋아하는지 모르 겠네."

테디는 개를 자기 다리 쪽에서 끌어올려 안았다.

"제이미는 개랑 같이 공원에서 뛰기도 하고 인디언 놀 이도 하고 그래요?"

여자의 미소가 사라졌다. 여자는 시선을 돌려 저수지 쪽을 바라보았다. 순간 테디는 여자가 자기에게 화났나 생각했다.

"아니." 여자는 대답했다. "아니, 프리스키와 함께 뛰지 않아. 그냥 마룻바닥에서 놀지. 제이미는 밖에 나갈 수 없거든. 그래서 내가 프리스키를 산책시키는 거란다. 제이미는 공원에 나와본 적이 없어. 그 애는 아파."

"아, 몰랐어요." 테디의 얼굴이 붉어졌다. 그때 테디의 눈에 줄리 양이 오솔길을 걸어오는 모습이 보였다. 그는 자기가 낯선 사람과 얘기하는 모습을 줄리 양이 보면 화를 내리라는 걸 알았다.

"다시 또 만나요." 테디는 말했다. "제이미에게 잘 지내라고 전해주세요. 저 이제 가봐야 해요. 하지만 내일 여기 또 올 거죠, 네?"

여자는 미소를 지었다. 테디는 또 한 번 여자가 참 멋지고 예쁘다고 생각했다. 테디는 오솔길을 달려 비둘기에게 빵 부스러기를 먹이로 주고 있는 줄리 양에게로 갔다. 테디는 뒤돌아보고 외쳤다. "잘 가, 프리스키." 여자의 구불거리는 머리카락이 햇빛을 받아 빛났다.

2

그날 밤 테디는 여자와 어린 소년 제이미에 대해 계속 생각했다. 밖에 나갈 수도 없다니 무척 아픈 게 분명했다. 그리고 테디는 침대에 누워 있는 동안 프리스키에 대해 생각하고 또 생각했다. 여자가 다음 날에도 거기 있기를 바랐다.

아침이 되자 줄리 양은 테디를 흔들어 깨우며 날카롭게 명령했다. "일어나, 게으름뱅이야! 당장 침대에서 나오지 않으면 공원에 못 갈 줄 알아."

즉시 테디는 침대에서 뛰어나와 창문으로 달려갔다. 맑고 시원한 날이었으며, 이른 아침의 신선한 향기가 감돌았다. 오늘 공원은 무척 아름다울 것이었다!

"야호, 야호." 테디는 고함을 지르고 미친 듯이 화장실로 뛰어갔다.

"대체 쟤 뭐에 씌어 저럴까?" 줄리 양은 번개처럼 뛰어다니는 테디의 뒷모습을 보며 완전히 어안이 벙벙해서 말했다.

공원에 다다르자, 테디는 줄리 양이 다른 보모들 두 명과 서서 이야기하는 동안 슬쩍 멀어졌다. 공원의 길게 휘어진 길은 사람 없이 괴괴했다. 소년은 완전히 자유롭고 혼자인 기분이 들었다. 덤불을 뚫고 나가 저수지 옆으로 나갔더니, 거기, 바로 앞에, 여자와 개가 보였다.

개가 테디를 보고 짖어대기 시작하자 여자는 고개를 들었다.

"안녕, 테디." 여자는 따뜻하게 인사했다.

테디는 여자가 자기를 기억해줘서 기뻤다. 친절하기도 하셔라! "안녕, 안녕, 프리스키!" 테디는 벤치에 앉았고, 개는 테디에게로 뛰어올라 손을 핥고 갈빗대를 찔러댔다.

"아야." 테디는 꺅 비명을 질렀다. "그거 간지러워."

"거의 10분 동안 너를 기다리고 있었단다." 여자가 말했다.

"나를 기다려요?" 테디는 화들짝 놀라기도 했고 기쁨으로 속이 울렁거렸다.

"그래." 여자는 웃었다 "해가 저물기 전에는 제이미에게 돌아가봐야 해."

"그럼요." 테디는 서둘러 행복한 말투로 말했다. "네, 그래야겠죠? 프리스키가 여기 공원에 나와 있으면 제이미도 프리스키가 보고 싶겠죠? 프리스키가 내 개면 내 눈에 안 보이는 데로는 절대 풀어주지 않을 거예요."

"하지만 제이미는 너만큼 운이 좋지 않단다." 여자가 말했다. "뛰면서 놀 수가 없어."

테디는 개를 쓰다듬었다. 소년은 개의 차가운 코를 자신의 따뜻한 뺨에 갖다 댔다. 코가 차가우면 개들이 건강하다는 말을 들은 적 있었다.

"제이미는 무슨 병으로 아픈 거예요?"

"아." 여자는 모호하게 대답했다. "감기 같은 거야, 심한 감기."

"그러면 아주 아픈 건 아니겠네요." 테디는 명랑하게 말했다. "나도 감기 많이 걸려봤는데. 그런데 이틀이나 사흘 넘게 누워 있었던 적은 없어요."

여자는 살며시 미소 지었다. 그들은 침묵 속에 앉아 있었다. 테디는 무릎에 앉은 강아지를 어루만지면서 일어나서 개와 함께 '들어가지 마시오'라는 표지판이 붙은 드넓은 푸른 잔디밭을 함께 뛰어다니면 얼마나 좋을까 생각했다.

이윽고 여자가 일어서더니 한 손으로 개 목줄을 쥐었

다. "나는 이제 가야겠구나." 그녀가 말했다.

"떠나시는 건 아니죠?"

"가야 할 것 같아. 제이미에게 금방 돌아온다고 약속했 거든. 담뱃가게에 가서 그 애한테 만화 잡지를 사다 주기 로 하고 나온 거였어. 내가 서두르지 않으면 그 애가 경찰 에 신고할 거야."

"아." 테디는 열의를 담아 말했다. "나 집에 만화 잡지 많은데. 내일 제이미 보게 몇 권 가지고 올게요!"

"잘됐구나." 여자가 말했다. "그 애에게 말해줄게. 그 애 는 잡지를 좋아한단다." 여자는 오솔길로 발길을 옮겼다.

"내일 여기서 만날게요. 그리고 잡지도 가져올게요. 많 이 가져올게요!" 테디는 여자 뒤에 대고 외쳤다.

"좋아." 여자도 소리쳤다. "내일." 테디는 그 자리에 서서 여자가 사라지는 모습을 보면서, 그런 엄마와 프리스키 같은 개가 있다는 건 얼마나 멋질까 생각했다. 아, 제이 미는 정말 운이 좋은 애야. 소년은 생각했다. 그때 자기를 부르는 줄리 양의 날카로운 목소리가 들렸다.

"테디, 아, 어이! 테디 빨리 이리로 오렴. 줄리 양이 너를 찾아 온갖 군데를 다 찾고 다녔다고. 이 말썽꾸러기 녀석.

줄리 양이 너한테 화났어."

테디는 웃으면서 몸을 돌려 줄리 양을 향해 뛰어갔다. 갑자기, 되도록 빨리 달리면서, 테디는 바람 속에서 휘어지는 어린 묘목이 된 기분이 들었다.

그날 밤 테디는 저녁식사를 마치고 목욕을 마친 후에, 모든 만화 잡지를 모으는 작업에 착수했다. 잡지는 벽장 속, 삼나무 상자, 책장 속에 꽉꽉 어지럽게 들어차 있었다. 알록달록한 표지의 잡지를 빼면 테디의 책장은 엄숙한 문학 책 속의 한 장면 같았다.《어린이 상식 백과》,《동시의 정원》,《모든 어린이들이 알아야 하는 책들》.

테디가 그럭저럭 최신 호 서른 권 정도를 모았을 때 어머니와 아버지가 잘 자라는 인사를 하러 들어왔다. 테디의 어머니는 긴 꽃무늬 야회복 차림이었고, 머리에는 꽃을 꽂고 향수를 뿌렸다. 테디는 치자꽃 향, 톡 쏘는 달콤한 향기를 좋아했다. 아버지는 턱시도를 입고 높은 실크 해트를 들고 있었다.

"이 잡지들은 다 뭐니?" 어머니가 물었다.

"친구 줄 거." 테디는 엄마가 더 묻지 않기를 바라면서 말했다. 엄마가 알게 된다면 그렇게 비밀스럽지도, 그래서 그렇게 신나지도 않을 것만 같았다.

"가지, 엘런." 아버지가 짜증스럽게 말했다. "막은 8시 30분에 올라. 극 중간에 들어가는 거 이제 지겹다고."

"잘 자라, 우리 아기!"

"잘 자라, 아들."

테디가 부모님에게 손 뽀뽀를 날리는 순간 부모님은 문을 닫아버렸다. 그러자 테디는 재빨리 자기 잡지로 돌아갔다. 테디는 새 양복에 딸려 온 포장지를 찾아와서 허술하게 잡지를 둘둘 쌌다. 그리고 굵고 거친 끈으로 단단히 묶었다. 그런 후에 뒤로 물러나서 꾸러미를 바라보았다. 뭔가 잘못됐는데. 그는 생각했다. 그렇게 근사하지 않았다. 선물 같아 보이지 않았다.

테디는 책상으로 돌아가 안을 뒤져서 크레용 상자를 하나 꺼냈다. 빨강과 초록 글자를 번갈아가면서 테디는 또박또박 썼다, '이것은', 그런 후에는 파랑과 빨강으로 바꾸었다, '제이미를 위한 거예요. 테디로부터'.

테디는 만족해서, 줄리 양이 방에 불 끄러 들어와서 창문을 열기 전에 꾸러미를 치웠다.

다음 날 아침 공원에 가기 전, 테디는 레드 스카이 추장 수레를 꺼내서 꾸러미를 싣고 장난감으로 덮었다.

공원에 도착했을 때 테디는 줄리 양에게서 쉽게 떨어질 수 있겠다고 짐작했다. 줄리 양은 제일 좋은 드레스 차림이었다. 잔뜩 들떠 있는 데다가 평소보다 립스틱도 더 진하게 발랐다. 테디는 줄리 양이 공원에서 오플래허티 장교를 만나기를 기대하고 있다는 것을 알았다. 오플래허티 장교는 줄리 양의 약혼자였다. 적어도 줄리 양 쪽에서는 그랬다.

"자, 테디, 너는 뛰어가서 재미있게 놀다 오렴. 하지만 기억해. 줄리 양이 너를 운동장에서 만날 거야."

테디는 될 수 있는 한 빨리 저수지로 뛰어갔다. 수레를 끌고서는 지름길로 갈 수 없었다. 수레가 뒤에서 통통 부딪쳤다.

테디는 프리스키와 여자가 벤치에 앉아 있는 것을 보았다.

"시간에 딱 맞춰 왔구나." 여자는 테디를 보자 웃었다.

테디는 수레를 끌고 벤치 옆으로 가서 장난감들을 끄집어낸 후 의기양양하게 거대한 잡지 꾸러미를 꺼내 보였다.

"어머." 여자는 외쳤다. "꾸러미가 크기도 하네! 이런, 제이미가 이거 다 읽지도 못하겠다. 그 애가 참 좋아할 거야, 테디. 이리 오렴. 아줌마가 입 맞춰줄게."

여자가 볼에 뽀뽀하자 테디는 살짝 얼굴을 붉혔다.

"넌 참 다정한 애구나." 여자는 부드럽게 말하며 일어서서 외투를 걸쳤다. "지난밤 우리는 제이미를 병원에 데리고 가야만 했단다."

"그러면 제이미는 만화 못 봐요?" 테디는 불안하게 물었다.

"아니." 여자는 미소 지었다. "아니, 물론 볼 수 있지. 만화 보느라고 꽤나 바쁘겠구나. 내가 걱정되는 건, 이걸 내가 다 가지고 갈 수 있을까 하는 거야." 여자는 커다란 꾸러미를 들어보고 피곤하게 한숨을 내쉬었다. 프리스키가 뛰어다니면서 목줄을 잡아당기는 바람에 여자는 하마터면 꾸러미를 떨어뜨릴 뻔했다.

"그만해, 프리스키." 테디가 외쳤다.

"아, 또 한 번 고맙구나, 테디. 오늘은 오래 있을 수 없어." 여자는 한 손을 흔들면서 오솔길을 따라 내려가기 시작했다. 프리스키가 테디 쪽으로 도로 가는 바람에 줄이 당겨졌다.

"내일도 여기 올 거예요?" 테디가 뒤에서 불렀다.

"모르겠어. 어쩌면." 여자도 멀리서 대꾸했다. 그런 후 모퉁이를 돌아 사라져버렸다.

테디는 여자의 뒤를 따라 뛰어가고 싶었다. 여자와 함께 병원에 가서 제이미를 만나고, 프리스키와 함께 놀고, 여자에게 다시 한 번 볼에 뽀뽀를 받고, 다정한 애라는 말을 또 듣고 싶었다. 하지만 대신에 테디는 운동장으로 돌아가 줄리 양을 만나서 집으로 돌아갔다.

다음 날 테디는 공원에 가자 곧장 벤치로 향했지만 거기엔 아무도 없었다. 테디는 한 시간 반가량 기다리다가, 갑작스레 메스꺼운 느낌과 함께 여자가 오지 않으리라는 것을 깨달았다. 여자는 다시 돌아오지 않을 것이며, 다시는 볼 수 없으리라는 것을. 프리스키도 볼 수 없다는 것을. 테디는 울고 싶었지만, 그렇게 쉽게 울어버릴 수는 없었다.

다음 날은 일요일이어서 공원에 갈 수 없었다. 아침에는 교회에 갔다. 그다음에는 할머니가 찾아와서 오후 내내 테디를 두고 수선을 떨었다.

"나한테 물어보면 말이지, 엘런, 이 아이는 아픈 거야! 오후 내내 이상하게 굴지 않았니. 글쎄, 내가 가서 탄산음료 사 먹으라고 돈을 주었더니 필요 없다지 뭐냐. 자기는 개를 갖고 싶대. 프리스키라고 부를 수 있는 털이 빳빳한 개를. 정말 이상하기 그지없는 일 아니니."

그날 밤 아버지가 테디에게 뭔가 캐물으러 왔다.

"아들, 몸이 안 좋니? 뭔가 안 좋은 데 있으면 얘기해줄래?"

테디는 작은 입을 꾹 다물었다. "아니, 아빠, 개가 있는데, 프리스키라고 하는 작은 개. 아픈 애 엄마가 있고, 걔는 제이미라고……"

어머니가 문에 나타났다. "빌, 애보트 댁에 가려면 서두르는 편이 좋을 거예요. 7시에 칵테일 마시러 오라고 했잖아."

아버지는 일어서며 시계를 보더니 말했다. "이 얘기는 나중에 하기로 하자, 아들." 그러고는 방에서 나갔고, 곧이어 테디는 아파트 문이 쾅 닫히는 소리를 들었다.

테디가 침대 위에 대자로 뻗어서 울고 있을 때 줄리 양이 들어왔다. 그녀는 무척 들떴고 얼굴은 온통 홍조를 띠었다. 그녀는 테디를 품에 안고 머리를 토닥여주었다. 그녀를 안 후로 누군가를 위로해준 건 이때가 처음이었다. 잠깐 동안은 그녀를 좋아할 뻔했다.

"맞혀봐, 테디! 오, 너는 정말 짐작도 못 할 거야! 맞혀볼래?"

테디는 고개를 들고 울음을 그쳤다. "맞히고 싶지 않아. 지금은 맞힐 기분이 아니야. 우리 엄마랑 아빠는 나를 사랑하지 않는걸. 아무도 날 사랑하지 않아. 적어도 누나가 아는 사람은 아무도."

줄리 양은 코웃음을 쳤다.

"너 정말 바보 같구나, 테디. 멍청한 애 같으니. 하지만 뭐, 우리 모두 그런 나이일 때가 있었으니까."

줄리 양이 나이 운운하다니!

"하지만 넌 아직 맞혀보지 않았지. 아, 그럼 내가 말해줄게. 오플래허티 씨가 나한테 청혼했어!" 그녀의 얼굴에 미소가 가득했다.

"할 거야?" 테디는 물었다.

줄리 양은 한 손을 내뻗으며 자수정이 박힌 은반지를 보여주었다. 테디는 그게 약혼반지라는 뜻으로 받아들였다.

곧이어 줄리 양은 일어나더니 서둘러 자기 방으로 들어가버렸다. 그날 밤에는 테디를 재워주거나 창문을 열어주러 오지 않았다.

다음 날 아침 테디는 무척 일찍 깨어났다. 아무도 일어나지 않았다, 줄리 양조차도. 부모님의 침실이나 하녀 방에서도 아무 소리도 나지 않았다. 조심스럽게 소리 내지 않고 테디는 옷을 입었다. 그런 후에는 슬금슬금 아파트를 빠져나와 계단으로 향하는 긴 복도를 걸어갔다. 감히 엘리베이터 단추를 누를 생각은 하지도 못했다.

공원은 서늘했지만 아름다웠다. 벤치 위에서 자는 남자 빼놓고는 아무도 없었다. 남자는 몸을 잔뜩 웅크리고 있었고, 너무나 춥고 배고프고 흉해 보여서 테디는 두 번 쳐다볼 엄두도 내지 않고 그 옆을 뛰어서 지나쳤다.

테디는 저수지에 다다라 바로 그 똑같은 옛날 벤치에 앉았다. 소년은 프리스키와 제이미의 엄마가 올 때까지 앉아 있기로 작정했다. 그게 하루 종일 걸린다고 해도.

물은 아름다웠다. 테디는 그게 거대한 대양이고 자기는 배를 타고 대양을 건너가고 있다는 상상을 했다. 그동안 연주가들은 영화에서처럼 뒤에서 연주했다.

한참 앉아 있으려니 마침내 첫 승마 승객이 보였다. 말을 탄 사람이 나온다는 것은 꽤 늦은 아침이 되었다는 뜻임을 테디도 알았다. 첫 번째 사람이 지나자, 점점 많이 빠른 간격으로 나타났다. 테디는 말을 탄 사람이 지날 때마다 세어보았다. 공원에서 여러 유명인이 말을 타는 것을 본 적이 있었지만, 줄리 양 없이 테디 혼자서는 보통 사람과 구분할 수 없었다.

그때 유모차들과 보모들이 속속 도착했다. 거의 10시가 다 되었다. 해는 완전히 떠올라 하늘에서 환하게 빛났다. 따뜻한 햇볕이 졸려서 테디는 어느샌가 잠이 들고 말았다.

갑자기 테디는 어떤 외침 소리와 개 짖는 소리를 들었다. 작고 털이 억센 테리어 개 한 마리가 벤치 위 소년 옆으로 뛰어올랐다.

"프리스키, 프리스키!" 테디는 외쳤다. "너구나!"

키가 크고 마른 남자가 목줄 반대 끝을 잡고 있었다. 테디는 어안이 벙벙하여 그를 올려다보았다.

"네 이름이 뭐니, 애야?" 낯선 사람이 물었다.

"테디예요." 소년은 겁먹은 목소리로 작게 대답했다.

남자는 테디에게 봉투 하나를 건넸다. "그럼 이게 네 건가 보다."

테디는 초조하게 편지를 뜯었다. 길고 우아한 필체로 쓰인 편지였다. 테디는 그걸 읽느라고 한참 고생했다.

친애하는 테디에게

프리스키는 네 거야. 제이미는 네가 프리스키를 맡아주길 바랐을 거야.

.

서명은 없었다. 테디는 더는 볼 수 없을 때까지 한참 동안 편지를 쳐다보았다. 소년은 개를 자기 쪽으로 잡아당겨 되도록 꼭 껴안았다. 엄마와 아빠한테 어떻게든 설명할 수 있을 것이었다.

그때 남자의 존재가 기억났다. 테디는 고개를 들었다. 주위를 두리번거렸지만 남자는 가고 없었고 보이는 것이라고는 오솔길과 나무들, 풀, 그리고 아침 햇살을 받아 아슴푸레하게 빛나는 저수지뿐이었다.

루시　Lucy

루시는 정말로 남부 요리에 대한 내 어머니의 사랑에서 자라난 결과였다. 내가 남부에서 보냈던 여름, 어머니는 이모에게 편지를 써서 정말로 요리를 잘하고 뉴욕에 올 마음이 있는 흑인 여자를 구해달라고 부탁했다.

　그 지역을 샅샅이 훑은 결과가 루시였다. 그녀의 피부는 탐스러운 올리브 같았고, 체형은 대부분의 흑인 여성들보다는 더 섬세하고 가벼웠다. 그녀는 키가 크고 꽤 둥글었다. 그녀는 유색인종 어린이들을 위한 학교의 선생님이었다. 하지만 책으로 형성된 것이 아닌 타고난 지성이 있었고, 한편으로는 살아가는 모든 것에 대한 깊은 이해와 공감이 있는 대지의 아이였다. 대부분의 남부 흑인처럼 무척 신앙심이 깊어서, 지금까지도 나는 부엌에 앉아 성경을 읽으며 내게 너무나 진지하게 자신이 '주님의 자녀'라고 선언하던 루시의 모습이 떠오른다.

그리하여 우리는 루시를 얻었다. 그 9월 아침 펜실베이니아 역에서 루시가 기차에서 내렸을 때, 그 눈에 어린 자긍심과 의기양양함이 선명히 보였다. 루시는 평생 동안 북부에 오고 싶었다고, 그리고 본인 표현에 따르면 "인간처럼 살고" 싶었다고 내게 말했다. 그날 아침 그녀는 편견이 심하고 잔인하기 그지없는 흑인 차별 정책을 다시 보고 싶어질 일은 없을 거라 생각했다.

그때 당시 우리는 리버사이드 드라이브의 아파트에 살았다. 전면 창문에서는 어디든 허드슨 강과 하늘을 배경으로 깎아지른 듯 서 있는 팔리사데스의 근사한 정경이 내려다보였다. 아침이면 그 절벽들은 새벽을 맞는 전령처럼 보였고, 해가 지며 물이 여러 가지 뒤섞인 선홍색으로 물드는 저녁에는 고대의 경비병처럼 장엄히 빛을 발했다.

이따금, 해 질 녘에 루시는 아파트 창문 앞에 앉아 세계에서 제일 위대한 대도시에서 스러져가는 낮의 장관을 애정 그득한 시선으로 바라보곤 했다.

"음, 음." 루시는 이렇게 단언하곤 했다. "엄마랑 조지가 여기 있어서 이걸 볼 수 있었다면 얼마나 좋을까." 그리고 처음에 루시는 환한 조명과 모든 소음을 사랑했다. 거의 매일 토요일마다 루시는 나를 데리고 브로드웨이에 갔고, 우리는 극장 순회를 돌았다. 루시는 보드빌 쇼에 환장했고, 리글리 사의 환한 광고판은 그 자체로 쇼였다.

루시와 나는 늘 붙어 다니는 동무였다. 이따금 방과 후에는 내가 수학 숙제를 하는 것을 도와주었는데, 루시는 수학에는 무척 뛰어났다. 그녀는 시를 무척 많이 읽었지만, 단어들의 소리가 좋고 이따금은 그 뒤의 감상이 마음에 든다는 이유였을 뿐 시에 대해서는 아무것도 몰랐다. 그리고 이 독서를 통해서 나는 처음으로 루시가 정말로 고향을 그리워한다는 것을 깨닫게 되었다. 루시가 남부를 주제로 한 시를 읽을 때면 남다른 공감을 실어 아름답게 읽었던 것이다. 부드러운 목소리는 시행을 다정하게, 이해하듯이 읊었고, 내가 시선을 들어 재빨리 보면, 흑인의 아름다운 까만 눈에 눈물의 흔적이 번득였다. 그런 후에 내가 그 말을 꺼내기라도 하면 루시는 웃음을 터뜨리며 어깨를 으쓱했다.

"하지만 예쁘지 않니?"

루시는 일할 때면 동작 하나하나에 늘 부드러운 노랫소리를 곁들였다. 본질적으로 그 안에 '블루스'가 어린 노래들이었다. 나는 루시의 노랫소리를 듣는 게 좋았다. 한 번은 에설 워터스♦를 보러 간 적이 있었는데, 루시는 며칠 동안 집 주위를 돌아다니면서 에설 흉내를 내더니 마침내는 아마추어 경연대회에 나가겠다고 선언했다. 절대로 잊지 못할 대회였다. 루시는 2등을 차지했고, 나는 어찌나 박수를 쳐댔는지 손이 까질 정도였다. 루시는 "잇츠 딜러블리, 잇츠 딜리셔스, 잇츠 딜라이트풀"♦♦ 노래를 불렀다. 그 가사는 아직도 기억이 나는데, 너무도 여러 번 연습했기 때문이었다. 루시는 가사를 잊어버릴까 봐 죽을 만큼 두려워했고, 무대에 올랐을 때는 에설 워터스다운 음색이 나올 정도로 목소리가 떨렸다.

하지만 결국 루시는 음악계로 나가보겠다는 진로 계획은 포기했다. 페드로를 만나서 다른 것에 쓸 시간이 별로

♦ 미국 20세기 초기에 활동한 재즈 가수.

♦♦ "It's De-lovely, It's Delicious, It's Delightful." 노래 〈It's De-lovely〉의 가사.

없었기 때문이었다. 페드로는 건물 지하에서 일하는 일꾼으로, 그와 루시는 당밀보다도 끈끈했다. 루시가 뉴욕에 온 지 다섯 달 남짓 되었을 때 이렇게 되어버렸고, 그때까지도, 기술적으로 말하면 그녀는 여전히 세상물정을 몰랐다. 페드로는 매우 유들유들했고, 옷을 화려하게 입었으며, 그 외에도 나는 우리가 더는 함께 쇼를 보러 갈 수 없게 되어 화가 났다. 엄마는 웃으면서 말했다. "뭐, 우리가 루시를 잃어버린 것 같구나. 루시도 이젠 북부인이 될 테니까." 엄마는 별로 신경 쓰지 않는 듯 보였지만, 나는 아니었다.

마침내 루시도 페드로에게 정을 떼었고, 그다음부터는 이전보다 더 외로워졌다. 가끔 나는 루시의 편지가 펼쳐져 있을 때면 읽어보곤 했는데, 내용은 이런 식이었다.

사랑하는 루시

니 아빠 아파. 지금 자리에 누웠다. 아빠가 안부 전하래. 우리는 니가 거기 가쓰니 우리 가난한 식구 챙길 시간은 업따고 생각한다. 니 오빠, 조지는 펜사콜라에 가따. 거기 병 공장에서 일해. 우리도 니한테 우리 사랑을 보낸다.

엄마

가끔 밤늦게, 나는 루시가 방에서 혼자 흐느끼는 소리를 들었고, 그래서 루시가 곧 집에 가리라는 것을 알았다. 뉴욕은 그저 거대한 고독이었다. 허드슨 강은 줄곧 "앨라배마 강"이라고 속삭였다. 그래, 붉은 흙탕물이 강둑까지 높이 흐르고 작은 지류들이 늪처럼 질척거리는 앨라배마 강.

그 모든 환한 불빛들—어둠 속에서 빛나는 몇몇 등불들, 쏙독새의 외로운 울음소리, 한밤에 귀기 어린 비명을 지르며 달려가는 기차. 단단한 시멘트, 환하고 차가운 강철, 연기, 벌레스크 쇼, 축축한 지하 선로를 달리는 지하철의 짓눌린 소리. 딸랑, 딸랑, 부드러운 초록색 풀밭, 그리고 태양. 뜨겁고, 너무나 뜨겁지만 무척이나 위로가 되는 햇빛. 맨발, 차갑고 모래가 깔린 시내, 그 속에 비누처럼 매끄러운 부드럽고 둥근 조약돌들. 도시는 대지의 아이가 있을 만한 곳이 아니야. 엄마가 나를 집으로 부른다. 세상에, 나는 주님의 자녀야.

그랬다, 나는 루시가 돌아가리라는 것을 알았다. 그래서 루시가 떠난다고 내게 말했을 때 나는 놀라지 않았다. 나는 입을 벌렸다 다물었고, 눈에서 흐르는 눈물과 속이 텅 빈 기분을 느꼈다.

루시가 떠난 건 5월이었다. 따뜻한 밤이었고, 도시 위의 하늘은 밤에도 붉었다. 나는 루시에게 사탕 한 상자, 초콜릿을 씌운 버찌(루시가 제일 좋아하는 간식이었다), 잡지 한 묶음을 주었다.

엄마와 아빠가 루시를 버스 정류장까지 데려다주었다. 어른들이 아파트를 떠났을 때 나는 창문으로 달려가서 창틀 너머로 몸을 내밀고 그들이 집에서 나와 차에 올라타고 천천히, 우아하게 시야에서 빠져나가는 모습을 보았다.

루시가 말하는 소리가 벌써 들리는 듯했다. "오오오오, 엄마, 뉴욕은 정말 근사해요. 사람들도 다. 게다가 영화 스타들도 직접 봤다니까요, 오, 엄마!"

서쪽으로 가는 차들   Traffic West

4

네 개의 의자와 탁자. 탁자 위에는 종이, 의자에는 남자들. 거리 위에는 창문. 거리에는 사람들. 창문에 부딪치는 건 비. 이건 어쩌면 추상화, 색칠한 그림일 뿐인지도 모르지만, 무해하고, 의심 없는 사람들은 아래에서 움직여 갔고, 비는 창문에 촉촉이 떨어졌다.

미동 없는 남자들처럼, 탁자 위에 놓인 정확한 법률 문서도 꼼짝하지 않았다. 그러다—

"신사분들, 우리 네 명의 관심사가 여기에 모여서 확인받고 조화를 이루었습니다. 각자의 행동은 이제 각자의 상세 조목에 맞추어 조절되어야 할 것입니다. 따라서 저는 이제 여기 우리가 동의한다는 내용에 서명하고 이름을 첨부한 다음 해산할 것을 제안합니다."

한 남자가 양손에 서류를 들고 일어섰다. 다른 사람도 일어섰다. 그는 종이를 받아 들더니 훑어보고 말했다.

"이건 우리 필요를 충족하는군요. 좋은 결론이 도출되었습니다. 실로, 우리 회사는 이 문서로 이득과 안전을 확인할 수 있게 되었네요. 네, 이 서류에서 크나큰 이득이 예상됩니다. 서명하죠."

세 번째 남자가 일어났다. 그는 안경알을 고쳐 쓰고 종이를 쭉 살폈다. 소리 내지 않고 입술이 움직였고, 단어가 소리가 되어 나올 때는 하나하나 무게를 지녔다.

"이 서류의 글과 어구 선택이 명확하다는 건 우리도 인정할 수밖에 없군요. 우리 변호사들도 동의할 겁니다. 도처의 전문가들에게 조언을 받아봤습니다. 이 문서에는, 어떤 힘을 지니고 있기는 해도, 법적으로 할 수 있는 내용, 법에 의해 정해진 바가 명시되었다는군요. 그러므로 저도 서명하겠습니다." 그는 글을 새로이 읽은 후 네 번째 사람에게 넘겼다.

다른 사람들처럼 이사인 네 번째 사람도 자신의 이름을 흔쾌히 적고 가버릴 수도 있었다. 하지만 그의 이마에는 구름이 졌다. 그는 앉아서 읽고 훑어보고 검토했다. 그런 후에 서류를 내려놓았다.

"저는 동의하기는 해도 이 서류에 서명할 수는 없습니다. 당신들도 마찬가지입니다." 그는 다른 사람들의 놀란 얼굴을 보았다. "이 서류를 망치는 건 그것의 힘입니다. 당신들이 바로 지금 말한 그 이유들, 그것이 이 서류가 허용하는 법적 조치를 보여줍니다. 광범위한 목적, 지원의 전면적 확인, 이런 것들을 허용하는 거대한 단계들이 아무리 합법적이라고 할지라도 우리에게 적합하지는 않죠. 이게 불법적이라면, 위험을 무릅쓸 수는 있습니다. 그렇게 되면 법은 반대로 행동할 테니까요. 즉 수천 명의 노동자를 억압하는 게 아니라 지원하겠죠. 약자들의 이익을 무너뜨리는 게 아니라 보호할 겁니다.

하지만 법이, 우리 정부가 우리가 이런 계약을 우리 이득이 원하는 바에 따라 수만 명을 움직일, 더욱 심각하게는 우리가 이익을 대변하는 바로 그 사람들을 멋대로 이용할 권리가 있다고 허락하면, 아무리 법의 테두리 안에 있다고 해도 우리는 선을 그어야 합니다. 우리 보호하에 있는 사람들의 안녕을 위험에 빠뜨릴 수 있는 조치를 거부해야 하죠.

우리는 힘이 있습니다. 위대한 이익에 봉사하는 모든 사람들이 그렇지요. 하지만 우리가 '신'에 따라 판단한다면, 돈에 눈먼 정신들이 할 수 있는 것보다 훨씬 어려운 일을 해낸다면, 우리는 힘을 가진 사람들로서 '평범한 사람들'에 대한 우리의 의무를 감지할 수 있을 것입니다. 그리고 신사분들, 저는 그런 이기적인 행동은 취하지 말자는 간청을 드리고 싶습니다."

다시 한 번 방 안은 잠잠해졌다. 한 사업가가 방금 일종의 행동 규약을 부수어버렸고, 이 파괴 과정에서 또 하나의 규약이 드러났다.

다른 세 사람은 그의 논리를 보았고, 이미 본 만큼 구태의연한 사업적 목표를 형제애의 목표로 대치했다.

"그러면 여기서 떠나는 버스를 타도록 하고, 서류는 합법적 방식으로 폐기하도록 하죠."

환한 아침의 태양이 아침이 오기를 기다리며 줄줄이 늘어선 지붕 위에 줄무늬를 긋고, 언덕 위 집들의 꽉 닫힌 블라인드를 내려쳤다.

문을 두드리는 노크 소리가 들리자 거대한 중세풍의 침대 위 이불이 흔들리더니 잠에 빠진 머리가 베개 위에서 돌아갔다.

갓 면도하고 몸을 단장한 젊은 남자 두 명이 방 안으로 일렬로 들어왔다.

"안녕히 주무셨어요, 삼촌. 오렌지 주스입니다." 형제 중 하나가 창문으로 가서 블라인드를 걷는 동안 다른 한 명이 인사했다. 열의 가득한 태양이 환영을 받으며 방 안으로 흘러들었다.

"늦었구나, 그레고리." 침대에 누운 남자가 호령했다. 그는 주스를 홀짝홀짝 마신 후에 몸을 일으켰다. "망할! 미니한테 이 주스에 씨를 한 번만 더 남기면, 잘라버리겠다고 해." 그는 씨를 양탄자 위에 뱉었다.

"주워라, 헨리, 그리고 쓰레기통에 던져 넣어." 그는 명령했다.

"삼촌." 그레고리는 휴지통에서 돌아와서 씩 웃었다. "다리는 어떠세요? 우리 좋은 소식이 있는데—"

"입 닥쳐." 늙은 남자가 씩씩댔다. "내가 헨리에게 뭘 하라고 말하면, 헨리가 하길 원하는 거다. 너희가 쌍둥이일지는 모르지만, 나는 구분할 수 있어. 그러니까, 그레고리, 저 씨를 휴지통에서 꺼내서 내가 시킨 대로 헨리가 하라고 해.

난 평생 동안 모든 일이 '바로 그대로' 되도록 처리했다. 서재는 정확히 똑같은 식으로 유지했지. 방도 정확히 똑같은 식으로 유지했어. 집도 똑같은 식으로 유지했지. 시내에 가서 일했어. 교회에 가서 기도했지. 정확히 똑같은 방식으로. 나는 해야만 하는 대로 생각하고 행동했다. 시장으로서 나의 큰 강점은 나 자신에 있는 게 아니라 나의 건강한 습관에—"

"아, 다시 선출되실 거예요, 삼촌." 하나가 기운을 북돋아주었다. "하지만, 지금 당장은, 삼촌에게 알려드릴 좋은 소식이 있는데—"

"젠장, 물론 나는 다시 선출되지!" 노인이 말을 끊었다. "그런 얘기를 하는 게 아니야." 그는 짜증스럽게 베개를

하나 더 달라고 손짓했다. "나의 가장 큰 걱정은 너희 둘
이야. 너희 죽은 아버지는 내가 너희를 돌보아주기를 바
랐지. 하지만 맙소사, 내가 뭘 할 수 있겠냐? 나는 이렇게
다리도 부러져버렸는데. 절단해야 할 수도 있어. 내가 회
복될 때까지 너희 둘을 내 사무실에 보내려 한다. 망할!
다리 하나를 잃는 것도 큰일인데, 다른 사람의 멍청함 때
문에 선거에 지는 것은 너무 과해. 자, 말해봐라, 마룻바
닥에 있는 십자말풀이 건드렸니? 좋아, 나는 좀 휴식을
취해야겠다."

"저희 좋은, 소식이, 삼촌……"

하지만 그는 이불 속으로 다시 가라앉았다. 그의 분노
는 잦아들고 있었다. 그는 침대 머리맡에서 노니는 햇빛
을 깨달았다. "내 말 좀 먼저 들어봐라." 그의 목소리는
슬펐다.

"나는 좋은 삶을 살아왔어." 그는 조카들을 향했다.
"하지만 한 번도 재미있었던 적은 없었지. 전혀. 너무 바
빠서 결혼도 할 수 없었어. 나는 여자들을 꽤 외롭게 했
다. 담배도 피우지 않고, 술도 마시지 않고, 또 욕…… 망
할, 욕은 할 수 있지. 하지만 그건 재미가 없어. 골프도 즐

긴 적 없었어, 90도 넘은 적 없으니까. 음악도 좋아한 적 없었고, 또 시(詩)도, 또……"그는 자신의 십자말풀이를 생각했다. 그는 조용해졌고, 계속 조용히 있었다…… 그의 마음은 이상한 행로를 따라갔다. 이전에는 한 번도 따라간 적 없는 길이었다.

태양은 이제 그의 얼굴에 대고 '안녕' 인사하고 있었다.

"세상에, 얘들아!" 그는 외쳤다. "나는 그런 식으로는 한 번도 본 적 없었어! 정치도 하나의 거대한 십자말풀이야. 재미있지. 그리고," 그는 꼿꼿이 일어나 앉았다. "삶도 마찬가지지! 아아아아아!" 그는 한 번도 이렇게 웃어본 적이 없었다. "지난밤 헨리, 나는 성공할 수 있을지도 모른다고 생각했다, 내게 두 다리가 있다면 말이야. 하지만 이제, 절름발이든 아니든, 나는 바로 그렇게 될 수 있다는 걸 알아. 바로 그렇게." 그는 방 안을 둘러보았다. "그래! 바로 태양처럼!"

그는 떨리지만 행복한 손가락으로 불의 공을 가리켰다.

"우리 삼촌!" 쌍둥이는 웃음을 터뜨렸고, 헨리가 이어서 말했다. "삼촌 다리는 삼촌 거예요. 그게 좋은 소식이 죠. 의사 선생님이 절단 수술은 불필요하다고 선언하셨어요. 곧 일어나 걸으실 수 있을 거예요. 내일 오후에 우리 셋이 버스를 타고 시내로 가요!"

2

10인치 레코드가 턴테이블 위에서 돌아갔다. 작은 스피커는 아름답고 마음을 흔드는 트럼펫 솔로 곡을 내보냈다. 여자는 계속 앉아 있던 의자에서 일어났다. 그녀는 스위치에 손을 뻗었고, 높은 트럼펫의 음률은 쏴 하는 소리와 함께 숨을 들이마시듯 사라져버렸다.

그 음악은 여자를 뒤흔들어놓았다. 그녀는 어린 시절의 꿈을 꾸고 있었다.

작은 시청실 바깥에서는, 줄줄이 쌓인 레코드 앨범 사이를 두 남자가 비집고 들어가 있었다. 한 남자가 베토벤 4중주를 꺼내서 다른 사람에게 건넸다.

"이것 한번 들어보시죠. 저 젊은 여성분이 기계를 다 써본 후에 바로."

"그럴 필요 없어요." 다른 사람이 웃었다. "부다페스트

현악 4중주단이라면 듣지 않고도 신뢰할 수 있죠."

여자가 부스에서 나와 카운터 위에 55센트를 내놓았다.

"이거 살게요." 여자는 디스크를 든 채로 말했다. 그런 후에, 남자와 여자는 겨드랑이에 레코드를 끼고 음반 가게를 나섰다.

"따뜻한 낮이네요." 여자가 먼저 말을 걸었다.

"아." 남자가 대답했다. "낮이 어떻든 나한테는 아무 의미가 없어요. 이제는 밤도 마찬가지고."

"당신도 그렇게 느끼나요?" 여자는 재빨리 말을 돌렸다. "당신도, 마치 궤도 위의 열차 같다는 느낌인가요? 어딘지 모를 곳으로 간다는 기분?" 그녀는 얼굴이 빨개졌다. 어쨌든 결국에는 이 남자도 낯선 사람 아닌가. "하지만 난 진지해요. 산다는 데 무슨 의미가 있다고 보세요?"

"나는 밤이 없어요. 낮도 없죠." 남자는 진지하게 대꾸했다. "나는 정말로 한 가지밖에 없어요." 그는 자기 앨범을 들어 보였다. "나의 삶은 음악에 달려 있죠." 그는 여자를 향해 돌아섰다. 그녀가 예쁘다는 걸 알았지만, 얼굴보다 더한 것은 매력이었다. 그는 친근한 태도로 한 손을 그녀의 손 위에 놓았다. "저 공원을 지나쳐 갈 겁니까?"

"그럴 수 있죠." 그녀는 대답하고, 그들은 오솔길을 따라갔다. 1분 후 그들은 나무 사이에 있는 나무 벤치에 이르렀다.

"나는 늘 잠깐 쉬기 위해 여기 멈추죠." 남자는 여자의 손을 놓으며 말했다. "어쩌면 우리는 다시 만나겠죠."

여자의 뺨에 색이 올랐다. 그녀는 살짝 몸을 떨더니 남자의 외투를 한 손으로 건드리며 속삭였다. "내가 함께 앉아도 괜찮을까요? 오, 제발요! 난 그래야겠어요!" 여자는 말없이 서 있었다.

남자는 입술을 깨물고, 부드럽게 여자의 레코드를 받아들더니 그것을 그의 앨범과 함께 벤치 위에 놓고 여자를 자기 옆으로 끌어당겨 앉혔다. 잠시 후 남자는 여자를 더 가까이 끌어당겼고, 천천히 한 팔을 그녀의 등 뒤에 댔다.

"감히 이런 희망을 품어보았죠." 그는 중얼거렸다. "당신을 처음 본 순간부터, 어째서 음악이 내게 그렇게 큰 의미가 있는지 알았어요. 그건 일종의 대체품이었던 겁니다. 더 고운 것을 대신하는 영광스러운 대체품. 무언가, 무언가……" 그는 그녀를 보았다. "당신 같은."

두 사람은 서로에게 전율을 느끼며 그 자리에 앉아 있

었다.

"지구가 이제 거대한 레코드처럼 우리 주위를 돌고 있어요." 그는 말을 이었다. "이 레코드에서 음악이 나오는군요. 들어봐요, 귀 기울여봐요, 봐요. 이건 삶의 노래예요!

자, 음악은 어디에나 있어요. 이 나무에도, 이 풀에도, 이 하늘에도, 우리의 리듬에 맞춰 흔들리고 있죠." 그는 한 팔을 뻗었다. "오, 사랑이여!" 그는 허리를 굽혀 그녀에게 키스했다.

"내일 오후, 버스를 타고 시내에 가서 결혼증명서와 그외 필요한 것들을 받읍시다."

"그래요." 여자는 남자의 옷깃을 바로잡아주며 노래하듯 말했다.

1

사랑하는 어머니에게

사랑하는 어머니, 저는 진정으로 겸허한 마음으로 이

편지를 쓰고 있습니다. 저는 지금 나의 약점과 동료 인간들의 약점을 넘어서 보고 있어요. 그래도 오직 오늘 아침에 태양이 떴을 때야 그럴 수 있었네요.

인생의 첫 10년 동안을 저는 오로지 자기, 자기, 자기, 자기로만 채웠습니다. 오로지 어머니가 제게 주신 것만을 신경 썼죠. 저는 음식, 잠, 쾌락을 원했습니다. 저는 원숭이처럼 자기에게만 몰두해 있었죠. 제 주변에 있는 건 신경도 쓰지 않았고, 이유에도 관심이 없었어요.

그러다 다음 몇 년간 제 마음속에는 서서히 '존재'라는 감각이 주입되었습니다. 제가 신경 쓰지 않았던 것의 존재. 하지만 제가 옳은 일을 한다면 이 '존재'가 미소 지어 준다는 것을 알게 되었죠. 그렇지만 저 자신만 생각하면, 그리고 그렇게 생각하면서 다른 이에게 나쁘게 한다면, 이 '존재'가 험악한 표정을 짓는다는 것도요.

마침내 저는 이 '존재'를 사랑하게 되었고, 이것을 '신'이라고 부르게 되었습니다. 그 덕분에 저는 그것이 삶의 진실임을 깨달았어요. 저는 그 존재를 따라야 한다는 것을 알았고, 가까이 끌어들이려고 했습니다. 하지만 그 존재는 이렇게 말하더군요. "너는 아직 준비가 되지 않았다."

그러면서 가까이에 떠돌기만 했어요.

저는 그걸 얻지 못한다는 걸 알았을 때 의기소침해졌습니다. 저는 딱 잘라 그것을 비난하며 돌아와버렸죠. 거의 제 인생의 첫 단계로요. 저는 담배를 피우고, 욕을 하고 흥청망청 보냈습니다. 그러면서도 신경 쓰지 않는다고 생각했죠.

하지만 그때 이 '존재'가 제게 용기를 불어넣어주었어요. 저는 귀를 기울였습니다. 그것이 제 앞에 그러한 빛을 드리우더군요. 저는 노력할 수밖에 없었습니다. 제가 죽기 전에 이 빛에 닿지 못할까 두려울 따름이었습니다.

고군분투하면서, 저는 저의 연약함을 발견했습니다. 그리고 신은 또, 속삭임으로 제게 저의 힘을 알려주셨죠. 그리하여 저는 또 다른 방법을 발견했습니다. 조건이 맞지 않는다면, 재능과 걸림돌을 둘 다 포함하는 개인적 신조가 필요했던 거죠.

실로 그것은 위대하고 경이로운 일을 행했습니다. 실현의 어려움 덕분에 나는 나의 힘을 알고 시험하는 기회를 얻었기 때문입니다.

그렇지만 저는 이 신조를 실현하기 어렵다는 것을 발견

하고, 거기에 '신의 존재'를 덧붙였습니다. 이로 인해 모든 고통과 불편은 가치가 있다는 것을 확신할 수 있었죠.

이렇게 덧붙였음에도, 빛은 오지 않았습니다. 저는 이제 오로지 제 안에 있는 '그의 존재'를 향해 분투했습니다. 그래도 여전히 얻지 못했습니다. 저는 그가 내게 말을 걸도록 내맡겼습니다. 그에게 말을 걸어달라고 애원했습니다. 나는 그가 하는 대로 따랐습니다. 그의 의지를, 저는 실천하려 했습니다.

그리고, 오늘 태양이 제게 선물을 주었네요. 사랑하는 어머니, '그것'이 제게 왔습니다, 이렇게 완벽한 날에. 완벽한 날이죠. 제 손에 미합중국 국군 합격 통지서를 들고 있으니까요. 저는 내일 버스를 타러 갑니다.

어머니의 사랑하는 아들 ＿＿＿＿＿

0

연합통신—이번 계절 최악의 사고로 오늘 밤 10명이

사망했다. 늦은 오후 버스가 다가오는 트럭과 충돌, 전복되는 사고가 일어났다. 사망자 중에는 기업 간부 네 명과 소도시의 시장, 젊은 여자가 포함되어 있다. 사망자 전원의 명단은 32페이지에 실려 있다.

"모든 이에게는 자기 나름대로 천국 가는 길이 있다."

비슷한 사람들 Kindred Spirits

"물론, 그건 내게 일종의 전환점이 되었어요. 그는 다리 난간에서부터 강물까지 엄청난 높이를 떨어져 내렸답니다. 물도 거의 튀지 않았죠. 그리고 근처에는 아무도 보이지 않았어요." 마틴 리튼하우스 부인은 한숨을 쉬며 잠시 말을 멈추고 차를 저었다. "그 일이 벌어졌을 때 나는 파란 드레스를 입고 있었어요. 얼마나 아름다운 드레스인지. 내 눈과 잘 어울렸죠. 불쌍한 마틴은 그 옷을 무척 좋아했어요."

"하지만 제가 알기로 익사는 유쾌하다던데요." 그린 부인이 말했다.

"오, 네 실로 그렇답니다. 꽤 유쾌한 방법이죠…… 떠나는 방법으로는. 그래요, 그 불쌍한 남자가 퇴장하기 위한 자기 나름의 방법을 택한 거라면. 그 사람은 아마도 물 쪽을 선호했을 거예요. 하지만, 냉혹하게 들릴지도 모르 겠는데요, 그를 치워버려서 내가 꽤나 기운이 났다는 걸 감추지는 못하겠네요."

"그래요?"

"술 문제였죠, 여러 가지 중에서도." 리튼하우스 부인은 무시무시한 말투로 털어놓았다. "또한 어느 정도 애정이 과 했어요. 빈둥대기 좋아했고. 그리고 얼버무리기도 잘했고."

"거짓말했다는 뜻인가요?"

"여러 가지 중에서도."

두 부인이 이야기하는 곳은 좁고 천장이 높은 방이었 다. 편안한 환경이었지만, 딱히 돋보이는 점은 없었다. 겨 울 오후의 냉기를 막으려 빛바랜 녹색 커튼을 내렸다. 돌 벽난로에서 졸린 듯 가르랑거리는 불꽃은 난롯가에 힘없 이 웅크린 고양이의 눈에 노란 웅덩이를 비추었다. 고양 이 목에 매단 한 묶음의 방울이 고양이가 꼼지락거릴 때 마다 얼음 같은 소리로 연이어 울렸다.

"나는 마틴이라는 이름의 남자들을 좋아한 적이 없어

요." 그린 부인이 말했다.

손님인 리튼하우스 부인은 고개를 끄덕였다. 그녀는 약해 보이는 의자에 뻣뻣이 앉아서, 레몬 조각을 띄운 차를 끈질기게 저었다. 그녀는 진자줏빛 드레스를 입었으며, 검고 삽처럼 생긴 모자를 가발같이 보이는 회색 곱슬머리 위에 쓰고 있었다. 얼굴은 말랐지만, 철저한 원칙에 따라 모형을 뜬 듯 완고해 보이는 선을 따라 빚어졌다. 단 하나의 찌든 표정만으로도 충분히 만족스러워 보이는 얼굴이었다.

"해리라는 이름의 남자들도 마찬가지죠." 그린 부인이 덧붙였다. 부인의 남편이 바로 그 이름이었다. 그린 부인과 그녀의 90킬로그램 나가는 몸은 (살색 네글리제에 가려지기는 했지만) 호사스럽게 3인용 소파의 대부분을 차지하고 있었다. 그녀의 얼굴은 거대하고 사근사근했으며, 거의 없다시피 뽑아놓은 눈썹을 다시 연필로 이상하게 덧그려놓아서 남몰래 부끄러운 행동을 하던 중에 들켜 놀란 사람 같은 표정을 짓게 되었다. 그녀는 손톱을 갈고 있었다.

이제 이 두 여자 사이에는 뭐라 정의하기 어려운 연결

이 있었다. 우정은 아니지만, 그보다 더한 것이었다. 어쩌면 리튼하우스 부인이 이전에 말한 그 표현이 상황을 가장 근접하게 파악한 것일지도 몰랐다. "우리는 비슷한 사람들이에요."

"이 모든 게 이탈리아에서 일어났다고요?"

"프랑스예요." 리튼하우스 부인이 정정했다. "정확히는 마르세유죠. 근사한 도시예요. 미묘하고, 그 빛과 그림자가 얼마나 멋진지. 마틴이 떨어지는 동안, 나는 그이가 지르는 비명 소리를 들을 수 있었어요. 꽤 불길했죠. 그래요, 마르세유는 무척 흥분되는 곳이었죠. 그 사람은 수영을 조금도 하지 못했어요. 불쌍한 사람."

그런 부인은 손톱 줄을 소파 쿠션 사이에 숨겼다. "개인적으로 나는 안됐다는 마음은 들지 않네요." 그녀는 말했다. "내가 만약 있었다면…… 뭐, 그 사람이 난간을 넘어가는 데 약간의 도움을 받았을지도 모르죠."

"정말인가요?" 리튼하우스 부인이 말했다. 그녀의 표정이 약간 밝아졌다.

"물론이죠. 나는 그 사람 얘기만 들어도 별로였어요. 베니스에서 있었던 사고 나한테 얘기했던 건 기억해요? 그

것 말고도, 그 사람이 소시지를 제조했다거나 뭐 그랬죠?"

리튼하우스 부인은 입술을 신랄하게 내밀었다. "그 사람 소시지 왕이었어요. 적어도, 그게 그 사람이 늘 주장하던 바였죠. 하지만 난 불평은 할 수 없네요. 회사는 꽤 상당한 양을 팔아치웠죠. 비록 대체 누가 소시지를 먹기를 원하는지 나로서는 이해가 되지 않는 노릇이었지만."

"그리고 당신 모습을 봐요!" 그린 부인은 영양 상태가 좋은 손을 흔들며 의기양양하게 외쳤다. "봐요, 이제 당신은 자유 여성이에요. 뭐든 원하는 대로 자유롭게 사고할 수 있죠. 반면에 나는……" 부인은 깍지를 끼며 음울하게 고개를 저었다. "차 한 잔 더 하시겠어요?"

"고마워요. 설탕은 한 덩어리만 넣어주세요."

장작 하나가 불 속에서 무너지자 불꽃이 팍 튀었다. 난로 선반 위에 세워놓은 금색 황동 시계가 고요 속에서 울리는 음악적 선율과 함께 시간을 알렸다. 5시였다.

이윽고 리튼하우스 부인은 회상에 빠진 슬픈 목소리로 말했다. "나는 그 파란 드레스를 우리가 묵던 호텔의 객실 직원에게 주었어요. 그가 떨어지기 전 나를 붙잡아서 옷깃에 찢어진 자국이 있거든요. 그런 후에 나는 파리로 가서 봄까지 아름다운 아파트에 살았어요. 아름다운 봄이었죠. 공원의 아이들은 단정하고 조용했고요. 나는 종일 앉아서 비둘기들에게 빵 부스러기를 주었어요. 파리 사람들은 신경질적이더군요."

"장례식은 돈이 많이 들었나요? 제 말은 마틴 장례식요."

리튼하우스 부인은 쿡쿡 웃더니 몸을 앞으로 내밀며 속삭였다. "화장했답니다. 그것 참 어처구니없지 않나요? 아, 그래요. 재를 신발 상자에 싸서 이집트로 보냈답니다. 왜 거기냐고요? 모르겠네요. 그 사람이 이집트를 혐오했다는 것만 빼고는요. 나 자신은 좋아했어요. 멋진 나라죠. 하지만 그 사람은 가고 싶어 하지 않았답니다. 그러니까 어처구니없는 거죠. 하지만 딱 한 가지 무척 안심되는 게 있었어요. 나는 소포에 반송 주소를 썼는데, 절대 돌아오지 않았어요. 어쨌든 나는 그 사람이 결국에는 적당한 안식처에 다다른 게 분명하다고 생각해요."

그린 부인은 자기 허벅지를 치며 고함을 질렀다. "파라오들 사이에 낀 소시지 왕!" 그러자 리튼하우스 부인은 불가해한 천성이 허락하는 한도 내에서 이 농담을 재미있어했다.

"하지만 이집트라니." 그린 부인은 웃어서 고인 눈물을 닦으며 말했다. "나는 늘 혼잣말을 하곤 해요. '힐다, 너는 여행하는 삶을 살 운명이었어. 인도, 동양, 하와이.' 내가 언제나 하는 혼잣말이죠." 그러다가 혐오감이 치미는지 덧붙였다. "하지만 당신은 해리를 만난 적이 없잖아요? 오, 맙소사! 구제불능으로 둔하죠. 구제불능으로 부르주아이고. 구제불능이에요!"

"나는 그런 종자들을 알죠." 리튼하우스 부인은 신랄하게 말했다. "자기들을 나라의 중추라고 부르는 자들. 하, 방해 효과조차 안 되는 게. 자기, 결국은 이런 거예요. 그들이 돈이 없으면, 그들을 없애버려요. 돈이 있으면, 본인보다 그 돈을 더 잘 쓸 수 있는 사람이 누구일까?"

"정말 지당한 말이에요!"

"뭐, 그런 남자에게 자신을 낭비하는 건 한심하고 쓸모없죠. 어떤 남자가 되었든."

"정확해요." 그린 부인의 평가였다. 그녀는 자세를 바꾸었다. 네글리제 아래 거대한 몸이 떨리는가 싶었고, 통통한 뺨을 생각에 빠진 손가락으로 쿡 찔렀다. "나는 해리와 이혼해야겠다는 생각을 종종 해요." 부인이 말했다.

"하지만, 그건 아주, 아주 비용이 많이 들죠. 그리고 또, 우리는 19년 동안이나 결혼생활을 했으니까요. (그전에 약혼 기간도 5년이었고.) 그러니 내가 그런 말을 암시라도 했다간 그 충격이 확실히—"

"죽여버려요." 리튼하우스 부인은 빠르게 시선을 찻잔으로 내리며 대신 말을 끝맺었다. 홍조가 뺨에서 불붙듯 올랐고, 입술은 놀랄 만한 속도로 다물어졌다 벌어졌다. 잠시 후 부인이 말했다. "나는 멕시코로 여행 갈까 생각 중이에요. 아카풀코라고 하는 매력적인 해변가 도시가 있다는군요. 예술가들이 거기 많이들 살아요. 달빛으로 바다를 칠한다죠……"

"멕시코. 메-히-코." 그린 부인이 말했다. "노래하는 이름이네요. 아-카-풀-코." 부인은 소파의 팔을 자기 손바닥으로 내리쳤다. "맙소사, 당신과 같이 갈 수 있다면 뭐라도 내놓을 수 있을 텐데."

"가면 되잖아요?"

"가면 되다니요! 아, 해리가 노래하는 소리가 들릴 것만 같네요. '물론, 얼마나 필요해?' 아, 귀에 들리네요!" 그린 부인은 다시 팔걸이를 내리쳤다. "당연히, 내가 내 명의의

돈만 있다면…… 뭐, 없으니까, 그 얘기는 해봤자네요."

리튼하우스 부인은 생각에 잠긴 눈을 천장으로 돌렸다. 그녀는 입술을 거의 움직이지 않고 말했다. "하지만 해리한테는 있잖아요, 그렇지 않나요?"

"조금이죠. 보험금이랑, 은행에 8천 달러 정도, 그게 다예요." 그린 부인이 대답했지만, 목소리에는 태평한 구석이라고는 없었다.

"그 정도면 이상적이네요." 리튼하우스 부인은 마르고 쭈글쭈글한 손을 다른 여자의 무릎 위에 꼭 대었다. "이상적이에요. 우리 둘만이라면. 바다를 내려다보는 산 속 작은 돌집을 빌려요. 그리고 파티오에는(파티오가 있는 집을 빌릴 거니까요) 과일 나무와 재스민을 심고, 어떤 밤에는 일본식 등불을 실로 꿰어 걸고 예술가들을 모두 불러 파티를 여는 거예요."

"근사하네요!"

"그리고 기타 연주자를 고용해서 세레나데를 연주하게 하죠. 석양과 별빛이 멋지게 이어지고 해변에서 매혹적인 산책을 하는 나날들일 거예요."

한참 동안 그들의 눈은 기이한, 탐색하는 시선을 교환했고, 두 사람 사이의 신비로운 이해가 서로 나누는 미소 속에서 꽃피었다. 그린 부인의 경우 그 미소가 킥킥거림으로 바뀌었다. "그건 말도 안 되는 얘기예요." 부인은 말했다. "그런 일은 절대 할 수 없어요. 잡힐까 봐 두려운걸요."

"파리에서 나는 런던까지 갔어요." 리튼하우스 부인이 손을 거두더니 머리를 엄격한 각도로 기울이며 말했다. 그렇지만 실망은 감출 수 없었다. "의기소침한 곳이더군요. 여름에는 끔찍하게 덥고. 내 친구가 수상에게 나를 소개해주었어요. 그는—"

"독약이면 어떨까요?"

"매력적인 사람이더군요."

고양이가 기지개를 켜며 앞발을 핥자 방울이 딸랑거렸다. 고양이는 그림자같이 위풍당당하게 방을 가로질러 갔고, 꼬리는 깃털 달린 막대기처럼 허공에서 활 모양으로 휘었다. 고양이는 여주인의 엄청난 다리에 기대어 옆구리를 앞뒤로 흔들었다. 그린 부인은 고양이를 들어 가슴에 껴안고 코에다 요란하게 쪽 입을 맞췄다. "엄마의 천사 같으니."

"세균 옮아요." 리튼하우스 부인이 딱 잘라 말했다.

고양이는 나른한 자세를 취하며 건방진 눈빛으로 리튼 하우스 부인을 쏘아보았다. "추적되지 않는 독약이 있다고 들었어요. 하지만 모두 모호하고, 이야기책 같은 허무 맹랑한 얘기더군요." 그린 부인이 말했다.

"독약은 절대 안 돼요. 너무 위험하고, 쉽게 탐지돼요."

"하지만 만에 하나 우리가…… 우리한테서 누군가를 제거하려 한다면요, 어떻게 시작할 거예요?"

리튼하우스 부인은 눈을 감고 한 손가락으로 찻잔 가장자리를 빙 훑었다. 몇몇 단어가 부인의 입술에서 더듬더듬 나왔지만, 결국 그녀는 아무 말 하지 않았다.

"피스톨은요?"

"안 돼요. 절대 안 돼요. 총기는 복잡한 이런저런 일이 너무 많아요. 어쨌든 난 보험회사가 자살로 보리라는 생각은 안 해요. 그건 딱 보면 그대로 보이는 거예요. 아니, 사고가 최고예요."

"하지만 하느님이 손을 대셨다고 인정받아야 할 거 아니에요."

"반드시 그럴 필요는 없어요."

그린 부인은 빠져나온 머리카락을 잡아당기며 말했다.

"아, 변죽 올리면서 수수께끼 같은 얘기만 하는 건 그만 둬요. 답이 뭐예요?"

"언제나 통하는 진짜 답은 없는 것 같아요." 리튼하우스 부인이 말했다. "어떤 상황이 되는 배경이냐에 크게 달려 있죠. 자, 여기가 외국이라면 더 간단해요. 가령 마르세유 경찰은 마틴의 사고에 아주 건성으로만 관심을 보였어요. 수사가 정말로 대충이더군요."

희미하게 놀라는 표정이 그린 부인의 얼굴을 밝혔다. "알겠네요." 그녀는 천천히 말했다. "하지만 그래도, 여기는 마르세유가 아니잖아요." 그러더니 이윽고 자발적으로 의견을 냈다. "해리는 물고기처럼 수영을 잘해요. 예일에서 우승컵도 탄 적 있어요."

"하지만," 리튼하우스 부인이 말을 이었다. "결코 불가능한 건 아니에요. 최근에 〈트리뷴〉지에서 읽은 진술을 이야기해주죠. '매년 사망률의 큰 부분을 차지하는 사고는 욕조에서 실족하는 경우로, 다른 모든 사고를 합친 것보다도 많이 발생한다.'" 리튼하우스 부인은 말을 멈추고 그린 부인을 빤히 바라보았다. "꽤 선동적이지 않나요?"

"무슨 말인지 나는 잘……"

메마른 미소가 리튼하우스 부인의 입가를 어루만졌다. 그녀는 손가락을 섬세하게 맞대어 빳빳하고 푸른 혈관이 굳어진 손으로 뾰족탑을 만들었다. "뭐," 그녀는 말을 시작했다. "그…… 비극이 예정되어 있는 저녁에 뭔가 고장 났다고 해봐요. 가령, 욕실 수도라든가. 그러면 어떻게 할까요?"

"어떻게 하느냐고요?" 그린 부인은 얼굴을 찡그리며 되풀이했다.

"이렇게 하는 거죠. 그 사람을 불러서 잠깐만 들어와보라고 부탁하는 거죠. 당신이 수도를 가리키면, 그는 조사해보려고 허리를 굽히겠죠. 그러다가 머리 아랫부분을— 바로 여기 아래 뒤, 보이죠?—단단하고 무거운 것에 부딪치는 거예요. 간단 그 자체죠."

하지만 그린 부인의 찡그린 얼굴은 끈질기게 이어졌다. "솔직히, 그게 어디가 사고라는지 모르겠네요."

"말 그대로 꼬치꼬치 따지면 그렇겠죠!"

"하지만 나는 잘—"

"쉿." 리튼하우스 부인이 말했다. "잘 들어봐요. 자, 다음으로 할 일은 이거예요. 그 사람 옷을 벗기고 욕조 가장

자리까지 찰랑거리도록 물을 받은 후 비누 한 조각을 떨어뜨려 가라앉히는 거예요. 그다음은 시체죠." 그녀의 미소가 돌아와 입가에 더 넓은 초승달 모양을 그렸다. "뻔한 결론은 뭐죠?"

그린 부인의 흥미는 완전했고, 눈은 무척 커졌다. "뭐죠?" 그녀는 숨소리를 죽여 물었다.

"그 사람은 비누를 밟고 머리를 부딪쳤다. 그리고 익사했다."

시계가 6시를 알렸다. 그 음이 고요 속에서 울렸다. 불은 점차 잦아들어 석탄이 잠든 침대 속으로 스며들었고, 오한이 얼음으로 짠 그물처럼 방 안에 내려앉았다. 그린 부인이 돌돌 말린 고양이를 바닥에 내려놓자 고양이는 창문으로 걸어갔고, 목에 걸린 방울 소리가 그 분위기를 깼다. 그린 부인은 커튼을 반으로 가르고 밖을 내다보았다. 하늘에서는 색이 빠져나갔다. 비가 내리기 시작했다. 첫 번째 빗방울이 유리를 따라 구슬처럼 구르며 리튼하우스 부인의 으스스한 반사상을 일그러뜨렸다. 그 모습을 향해 그린 부인은 다음 말을 던졌다.

"불쌍한 남자 같으니."

세계가 시작되는 곳   Where the World Begins

카터 선생님은 대수의 괴이한 성질을 거의 2분 동안이나 설명 중이었다. 샐리는 역겨워하며 교실 벽시계의 달팽이 같은 바늘을 올려다보았다. 25분만 기다리면 자유였다. 달콤하고 소중한 자유.

샐리는 앞에 놓인 노란 종이를 백 번째로 보았다. 백지였다. 아, 뭐! 샐리는 열심히 수학 공부하는 다른 학생들을 경멸하는 시선으로 돌아보았다. '험.' 그녀는 생각했다. '쟤들은 어쨌든 이해도 못 하는 X랑 숫자를 많이 더하는 것만으로 인생에서 성공하려는 것 같네. 험, 쟤들이 세상에 나갈 때까지 기다려보자고.'

세상이나 인생에 나간다는 것이 정확히 무슨 말인지,

샐리는 확실히 알지 못했다. 그래도 샐리의 언니 오빠는 언젠가 정해진 미래의 날에 샐리가 겪어야 하는 끔찍한 시련이 있다는 것을 믿도록 유도했다.

'아아.' 샐리는 끙 신음했다. '여기 로봇이 오네.' 샐리는 카터 선생님을 '로봇'이라고 불렀다. 그녀를 볼 때마다 완벽한 기계가 떠올랐기 때문이었다. 정확하고, 기름칠을 잘해놓았으며, 강철처럼 차갑고 빛나는 기계. 샐리는 숫자들을 노란 종이에 괴발개발 끼적이며 생각했다. '적어도 이러면 선생님이 내가 공부하고 있다고 생각하겠지.'

카터 선생님은 샐리에게는 눈길 한 번 주지 않고 휙 지나쳤다. 샐리는 깊은 안도의 한숨을 내쉬었다. 로봇!

샐리의 자리는 바로 창문 옆이었다. 교실은 고등학교 3층이었고, 샐리가 앉은 자리에서는 아름다운 풍경을 볼 수 있었다. 샐리는 시선을 밖으로 돌렸다. 그녀의 눈이 커지며 흐릿해지더니 아무것도 보이지 않았다……

"올해, 최고 여우주연상을 〈욕망〉에서 비견할 수 없는 연기를 보여준 샐리 램 양에게 수여할 수 있게 되어 무척 기쁩니다. 램 양, 나와 나의 동료들을 위해 오스카상을 받아주시지요."

아름답고 매혹적인 여성이 손을 뻗어서 팔에 황금 트로피를 안는다.

"감사합니다." 그녀는 깊고 풍부한 목소리로 말한다. "이렇게 멋진 일이 누군가에게 생긴다면 소감을 말하는 게 당연하겠지만 저는 너무도 감사한 마음만 넘쳐서 아무 말도 할 수가 없네요."

그런 다음 귓가에 울리는 박수 소리와 함께 자리에 앉는다. 브라보, 램 양. 만세. 짝, 짝, 짝, 짝. 샴페인이 터진다. 정말로 저를 좋아하세요? 사인요? 하지만 확실히…… 이름이 뭐라고 했니, 애? 존? 오, 프랑스인이구나, 장. 그래. '장에게, 친애하는 친구 샐리 램.' 사인요, 제발, 램 양. 사인 좀, 사인 좀. 스타, 돈, 명성, 아름답고 화려한. 클라크 게이블.

"듣고 있니, 샐리?" 카터 선생님은 매우 화난 목소리로 말했다. 샐리는 깜짝 놀라며 펄쩍 뛰었다. "네, 선생님."

"음, 그래, 네가 정신을 다른 데 팔지 않고 집중하고 있다면, 내가 칠판에 쓴 마지막 문제를 설명할 수 있겠구나." 카터 선생님의 시선이 오만하게 교실을 훑었다.

샐리는 무력하게 칠판을 응시했다. 자신에게 꽂힌 로봇

의 차가운 시선과 키득거리는 애들을 느낄 수 있었다. 그들이 모두 혀를 빼어 물 때까지 목을 조를 수도 있을 것만 같았다. 망할 것들. 아, 샐리는 끝장났다. 숫자, 제곱, 미친 X, 그리스 문자들!

"내 생각대로네." 로봇은 의기양양하게 딱 잘라 말했다. "그래, 바로 내가 생각한 대로야. 너 또 정신을 어디 딴 데 팔고 있었구나. 대체 네 머릿속에 뭐가 들어 있는지 알고 싶네. 확실히 학교 공부와는 상관없는 것이겠지. 아주아주 멍청한 여자애라고는 해도, 적어도 우리에게 집중해주는 호의를 베풀어줄 수는 있을 거 같은데. 단지 네 문제만은 아니란다, 샐리. 네가 전체 수업을 망치고 있어."

샐리는 고개를 숙이고 종이 위에다 작은 도안을 미친 듯 가득 그렸다. 자기 얼굴이 벌겋게 달아올랐다는 건 알았지만, 선생님이 호통을 칠 때마다 킥킥대고 투덜대는 다른 멍청한 얼간이들과 똑같이 굴진 않을 것이었다. 심지어 늙은 로봇이라고 해도.

가십 칼럼:

올해 사교계에 처음 데뷔했으며 머리글자가 샐리 램인 아가씨가 스토크 클럽에서 백만장자 바람둥이 스티비 스위프트와 다정하게 있는 모습이 몇 번이나 목격되었을까?

"오, 마리, 마리." 거대한 비단 침대 위에 누운 아름다운 소녀가 불렀다. "나한테 새 〈라이프〉 잡지 좀 갖다줘."

"네, 램 아가씨." 단정한 프랑스인 하녀가 대답했다.

"서둘러줘." 참을성 없는 상속녀가 외쳤다. "내 사진이 제대로 나왔는지 보고 싶단 말이야. 이번 주에 내 사진이 표지에 나오기로 했잖니. 오, 그리고 그거 가져오면서 알카셀처도 같이 가져다줘. 두통이 악랄하니까. 샴페인을 너무 많이 마셨나 봐."

라디오:
부자 아가씨가 오늘 밤 데뷔합니다. 오래 기다렸던 이번 시즌 사교 행사 중 화려한 1만 달러 무도회에서 샐리 램 양이 사교계로 나섭니다. 들어갈 수만 있다면 근사한 일이 되겠죠. 플래시가 찰칵찰칵 터지네요.

"시험지를 앞으로 제출하세요, 서둘러서, 빨리!" 카터 선생님은 조바심을 치며 손가락으로 책상을 톡톡 두드렸다.

샐리는 알아볼 수 없는 시험지를 바로 앞에 앉은 분홍 얼굴 소년의 어깨 너머로 쑤셔 넣었다. 애들이란. 쳇. 샐리는 커다란 스코틀랜드 격자무늬의 가방을 들어 올려 그 안을 뒤져서 콤팩트, 립스틱, 빗과 휴지를 꺼냈다.

샐리는 예쁘게 생긴 입술에 립스틱을 바르며 가루가 잔뜩 묻은 거울에 비친 자기 모습을 보았다. 산딸기색.

키가 크고 나긋나긋한 여성이 독일의 가장 근사한 집안, 거대한 금장 거울 앞에 서서 자기의 모습을 감탄하고 있었다. 여자는 삐져나온 머리카락 한 올을 섬세한 은색 머리장식 속으로 도로 넘긴다.

검은 머리의 잘생긴 신사가 허리를 굽히고 그녀의 맨 어깨에 키스했다. 여자는 희미하게 웃었다.

"아, 루페, 당신 오늘 무척 사랑스럽군. 무척 아름다워, 루페. 당신 피부는 무척 하얗고, 눈은…… 아, 그 눈을 보면 내가 어떤 기분이 드는지 당신은 모를 거야."

"음." 숙녀가 기분 좋은 소리로 말했다. "그게 말이죠, 장군님, 당신이 실수한 지점이에요." 그녀는 대리석 탁자로 손을 뻗어 와인 잔 두 개를 집더니 알약 세 개를 그중

한 잔에 슬쩍 넣어 장군에게 건넸다.

"루페, 난 당신을 좀 더 자주 봐야겠어. 내가 전선에서 돌아오면 매일 저녁 같이 식사하자고."

"오오, 우리 귀여운 자기가 그 모든 전투가 벌어지는 한 가운데까지 가야만 하는 건가요?" 그녀의 산딸기 입술이 그의 입술에 가까이 간다. 너 참 영리하구나, 샐리. 그녀는 생각한다.

"내가 육군의 전략 계획을 전선까지 가지고 가야 한다는 건 루페도 알잖아, 안 그래?"

"계획을 지금 가지고 있나요?" 매력적인 첩자가 물었다. "왜. 그럼, 물론이지." 여자는 장군이 정신을 잃는 모습을 볼 수 있었다. 그의 눈이 흐릿해지더니 몹시 취한 사람처럼 보였다. 마타하리가 자신의 1928년 빈티지 와인을 다 마실 때쯤 장군은 그녀의 발밑에 뻗어 있었다.

그녀는 쭈그려 앉아 장군의 외투를 뒤지기 시작했다. 갑자기 바깥에서 군화 발소리가 들렸다. 그녀의 가슴이 덜컥—

종이 요란하게 딸랑거리며 울렸다. 학생들은 우르르 문으로 뛰어갔다. 샐리는 자기 화장품을 가방에 도로 넣고

책을 챙긴 후 떠나려 했다.

"잠깐 기다려, 샐리 램." 카터 선생님이 샐리를 붙들어 세웠다. 또 로봇이네. "잠깐만 이리 와보렴. 너랑 이야기 좀 하고 싶구나."

샐리가 선생님 책상에 다가갔을 때 카터 선생님은 서류 작성을 끝내고 샐리에게 내밀었다.

"이건 근신 교실 통지야. 오늘 오후 수업이 끝날 때까지는 근신 교실에 가 있어라. 수업 시간에 몸단장하지 말라고 내가 수없이 말했었지. 우리 모두가 네 세균에 감염되길 바라니?"

샐리는 얼굴을 붉혔다. 샐리는 자신의 신체나 그에 관한 어떤 언급에도 적개심을 느꼈다.

"그리고 또 하나, 꼬마 숙녀님. 너 숙제를 제출하지 않았더구나…… 음, 내가 말한 대로 공부를 하든 하지 않든 그건 네게 달린 문제지…… 네가 하지 않는다고 내 피부에 생채기 하나 나지 않으니까."

샐리는 카터 선생님이 생채기가 날 만한 피부나 있는지 애매하게 생각했다. 양철 아니야?

"너도 알겠지만, 물론 너는 이 과목 낙제야. 어떻게 사람이 이렇게 철저히 시간 낭비를 할 수 있는지 나한테는 정말 수수께끼로구나. 이해가 안 돼. 전혀. 네가 이 수업을 시간표에서 빼는 편이 더 나을 것 같다는 생각이 드는데, 아주 솔직히 말하자면, 네가 이 공부를 해낼 만한 정신적 능력이 있을 것 같지 않으니. 나는, 잠깐만, 너 지금 여기가 어딘지—"

샐리는 책상 위에 책을 다 내던지고 교실에서 뛰어나갔다. 울음이 터질 것만 같았지만 울고 싶진 않았다. 로봇 앞에서는.

망할! 자기가 인생에 대해서 뭘 안다고. 숫자 말고는 아는 것도 없으면서, 망할!

샐리는 복도의 인파를 헤치며 나아갔다.

어뢰가 반시간 전 명중하여 배는 빠르게 가라앉고 있었다. 이것이 기회였다! 샐리 램, 미국에서 제일가는 신문 기자가 여기 현장에 있다. 그녀는 물이 차오른 선실에서 카메라를 꺼냈다. 그리고 여기 구명보트에 오르는 피난민들과 격렬한 바다에서 발버둥치는 피해자들의 사진을 찍었다.

"어이, 아가씨." 선원 중 한 사람이 불렀다. "당신, 이 구명보트에 타는 게 좋을 거요, 이게 마지막이니까."

"고맙지만 괜찮아요." 그녀는 울어대는 바람과 포효하는 물 위로 외친다. "나는 기사를 다 얻어낼 때까지는 바로 여기 있을 거예요."

갑자기 샐리는 웃음을 터뜨렸다. 카터 선생님이나 X, 그 숫자는 멀리, 멀리 있는 것만 같았다. 그녀는 여기서 무척 행복했다. 머릿속에 불어오는 바람과 바로 목전에 닥친 죽음과 함께.

그의 삶에 작은 경의를

《내가 그대를 잊으면:트루먼 커포티 미발표 초기 소설집》은 우리가 작가로서 아는 트루먼 커포티가 정식 작가로 대접을 받기 전에 쓴 단편들, 작가로서 꿈을 키우던 어린 시절에 쓴 작품들을 모은 단편집이다. 1924년생인 커포티가 단편 〈차가운 벽〉을 발표한 것이 열아홉 살인 1943년이므로 이 미발표 유고집에는 그가 10대 초중반에 쓴 작품들이 수록되어 있다.

한국에는 '등단'이라고 하는 거창한 이름의 출발 지점이 있지만, 실제로 한 작가의 삶에서 어느 작품부터 진정한 작가가 되는지 결정하기란 쉬운 일은 아니다. 또한 그 기점 이후의 작품들은 훌륭하고, 그 이전의 작품들은 미숙하다고 치부해버릴 일만도 아니다. 쓰기의 기술을 꾸준히 연마하는 작가라면 모든 작품은 뒤섞여 연결된 고리처럼 서로 이어져 작가의 세계를 구성한다. 여기에 수록된 총 열네 편의 작품들은 커포티의 완성된 스타일은 아니지만, 그가 이후로 어떤 작가로 성장해나갈지를 보여주는 스케치라 할 수 있겠다.

실로 이 초기작들에서는 훗날 커포티가 쓴 여러 장편과 단편의 이른 싹이 엿보인다. 그가 작품 내에서 꾸준히 추구했던 주제들이 여기에서 이미 푸르게 돋아나고 있었다. 사회에서 받아들여지지 않는 소외된 사람들의 외로움, 그들끼리의 연대, 초현실적인 상상 속에서 지속하는 삶, 냉정한 도시의 그림자, 그러나 늘 자기가 있을 곳을 찾아가는 사람들. 그의 첫 장편소설인 《다른 목소리, 다른 방》의 주인공 조엘은 몰락해가는 남부의 저택에서 자신의 사촌과 운명을 함께하는 남부 소년이다. 이 소설은 점점 파괴되어가는 역사 속에 선 소년의 심리를 탁월하게 그려냈다. 어려서 버려진 아이의 불안을 상징하는 조엘의 얼굴은 《내가 그대를 잊으면》에 수록된 단편의 인물들에게서도 언뜻언뜻 보인다. 〈힐다〉에서 자신도 어쩌지 못하는 도벽을 가진 아이 힐다나 〈루이즈〉에서 재능 있는 아이에 대한 질투를 자기합리화하는 에설, 〈이것은 제이미 거예요〉에서 어머니의 사랑을 갈구하는 테디는 모두 애정과 인정을 갈망했던 커포티의 어린 모습과도 겹쳐진다. 한편 다른 사람에게 베풀기를 좋아하고 그래서 사랑을 채우려 했던 테디는 커포티의 유명한 단편 〈크리스마스의 추억〉이나 〈어떤 크리스마스〉에 등장하는 '나'와도 유사하다. 거대한 세계와 그를 향한 소녀의 꿈을 그린 작품 〈세계가 시작되는 곳〉 또한 소년이었던 커포티가 더 큰 세상을 향해 품은 희망을 보여준다.

이 작품집에는 커포티의 가장 큰 문체적 특징이었던 등장인물의 심리 묘사를 연마한 듯한 단편들도 수록되어 있다. 한국어판의 표제작인 〈내가 그대를 잊으면〉을 비롯해, 〈불꽃 속의 나방〉, 〈늪의 공포〉, 〈익숙한 이방인〉이 그런 작품이다. 여기에서는 이별이나 위협, 죽음을 맞닥뜨린 사람들의 마음속에 찰나적으로 스쳐 가는 긴장과 공포, 혼란과 후회를 포착하려 한 노력을 찾아볼 수 있다. 또한 〈서쪽으로 가는 차들〉은 그가 운명의 아이러니를 어린 시절부터 감지하고 있었다는 면에서 작가적

감수성이 드러난 작품이기도 하다.

하지만 무엇보다도 이 어린 시절의 작품에서 애틋하게 여겨지는 점은 커포티의 소설이 지닌 감정적 힘을 느낄 수 있는 지점이다. 사회 주변부에 있는 사람들을 아름답게 그려내려면 기술만이 아니라 그들과 이어져 있다는 연대감이 있을 때만 가능하다. 아이의 나이브한 관점이기는 해도 〈루시〉는 부유한 도시 백인 소년과 그 집에서 일하는 남부 출신 흑인 요리사의 우정을 배경으로 했고, 거기서 루시는 생명력이 있는 인물로 묘사된다. 뉴욕의 풍경과 고향의 정경을 대비하거나 루시의 노래에 대한 열정을 서술하는 대목은 독자들에게 심상을 불러일으키는 힘이 있다. 이 작품집에서 가장 인상적이라 할 수 있는 〈벨 랜킨 양〉은 몰락해가는 남부의 귀족과 한 여인의 가련한 일생을 겹치면서 그 끝을 아름답기 그지없는 색채의 조화와 꿈결 같은 환상으로 완성해냈다.

부모에게 사랑받지 못한 도시 아이이자 늙은 친척과 우정을 나누었던 시골 아이였던 트루먼 커포티는 문학에서 위안을 받았고, 재능을 인정받은 후에는 사교계의 스타로 살아가다가 인간의 연약함과 유명세가 지닌 본연

적 속성으로 인해 대중에게 잊히고 끝맺지 못한 작품들과 함께 이 세상을 떠났다. 이는 그의 삶을 지나치게 거칠게 요약한 문장일 것이다. 이런 사회적 관점의 진술 속에 빠져 있는 한 인간의 진실은 오로지 그가 만들어낸 산물 안에서만 관찰할 수 있을 뿐이다. 이미 그의 삶의 끝을 아는 시점에서 한 작가가 어린 시절에 품었던 꿈과 희망의 결과물들을 다시 마주하노라니 기묘한 기분이 든다. 하지만 한편으로는 아련하기도 한 경험이다. 우리 모두에게 그런 시절이 있었고, 우리는 우리 삶의 끝을 모르는 채로 계속 앞으로 나아가고 있기 때문이다. 자신에게 있던 재능을 소중히 여기고 그것을 가꾸면 세계가 응답해주리라는 청춘의 희망은 언젠가 좌절을 맛볼지 모르지만, 문학 안에서는 어떤 모습이었든 여정만은 헛되지 않다. 오랜 세월이 흐른 후에도 누군가가 그 희망을 기억해주는 건 그의 삶에 작은 경의를 표하는 행위이다. 지금 트루먼 커포티의 미발표 유고집을 읽으며 한 생각이다.

박현주

어린 천재 예술가의 초상

트루먼 커포티는 《내가 그대를 잊으면:트루먼 커포티 미발표 초기 소설집》에 실린 열네 편의 단편들을 청소년기와 청년기 때 썼다. 제목이 말해주듯이 이 작품들은 20세기 거장이 되는 한 작가의 초기 소설들이다. 본질상, 성숙한 작품들은 아니고 자기 기예를 발전시키려는 젊은 작가의 노력이라고 할 것이다. "열한 살 무렵 나는 진짜로 약간 진지하게 글을 쓰기 시작했다." 커포티는 말했다. "진지한 의미로 말해서, 다른 아이들이 집에 가서 바이올린이나 피아노 뭐든 연습하는 것처럼 나는 매일 학교에서 집으로 와 세 시간 동안 글을 썼다. 나는 글쓰기에 사로잡혀 있었다."

뉴욕공립도서관의 트루먼 커포티 저장고에 자리한 원고들 다수에는 커포티의 편집과 수정이 잘 드러나 있다. 가위표와 여백 표시 등은 자신의 기술을 향상하는 데 전념한 조숙하고 재능 있는 젊은 작가를 보여준다. 이 단편들에서 우리는 커포티의 트레이드마크와 같은 산문의 흔적을 언뜻언뜻 엿볼 수 있다. 명확한 문장, 정확한 심상, 활기차면서도 가벼운 언어. "돌 벽난로에서 졸린 듯 가르랑거리는 불꽃은 난롯가에 힘없이 웅크린 고양이의 눈에 노란 웅덩이를 비추었다"라든가, "분수에서 튀는 물이 수정처럼 맑은 안개를 내뿜는 아침의 공원" 같은 표현들은 〈밤의 나무〉나 〈다이아몬드 기타〉와 같은 이야기에서 우리를 사로잡았던 목소리의 초기 버전을 들을 수 있다. 이런 원고들을 보면 과도하게 큰 재능을 가지고 태어난 작가가 어떻게 수련했는지에 대해 희귀한 성찰을 얻을 수 있다. 이 단편들은 커포티가 아주 어린 시절부터 자기 자신의 목소리를 찾았으며, 동시에 그를 발전시키기 위해 열심히 노력해야만 했다는 풍부한 증거를 제공한다.

이 단편들은 또한 커포티의 가장 강력한 재능의 초기 징후를 보여주는데, 바로 공감이다. 많은 글에서 커포티는 외부자와 타자에게—남자든 여자든, 소년이든 소녀든, 사회와 그 기대의 주변부에 사는 사람들에게—공감한다. 이런 초기 단편들에서 우리는 세계의 중심에 살지 않거나 살 수 없는 인물들에게 끌리는 커포티를 본다. 노숙자들, 외로운 아이들, 백인 전용 학교를 다니는 다문화 가정의 소녀, 죽음에 다가선 늙은 여자, 뉴욕에 살게 된 남부 출신 아프리카계 미국 여성. 이 원고들이 자신의 문장을 노력과 수정을 통해 향상하려는 젊은 작가를 보여주듯이, 이 단편들 또한 여러 다른 부류 사람들의 삶을 상상하며 자신의 공감하는 힘을 발전시키려 하는 커포티의 모습을 언뜻 드러냈다. 우리가 커포티의 명작에서 찾아낸 심오한 공감은 부분적으로는 이러한 초기 소설에서 배양되었다.

모든 초기의 노력들이 그러하듯이, 그 결과물은 불완전하다. 자기 자신의 상상에 의존하기보다는 이따금 비유와 전형에 기댔다. 종종 이런 단편들 속 여성은 복잡하기보다는 고딕적이었다. 다른 인물들은 실물이라기보다는 원형에 가까웠다. 그래도 이 이야기들은 소재와 주제에 있어서 커포티가 비교적 작가 인생의 초반부에서도 강하고 성공한 사람들보다는 주변부에 머무른 연약한 사람들에게 더 영감을 받았다는 것을 보여준다. 물론 이에 대한 하나의 설명은 커포티의 동성애적 지향으로, 이는 그를 자기가 사는 세계에서 주변인으로 몰아내고 멸시와 버려짐, 혹은 그보다 더 심한 상황에 처했을 때 연약해지게 하는 특성이었다. 그 이전과 이후에 있었던 많은 동성애자 작가들처럼, 커포티도 자기 자신의 마음을 탐색하기 위해 편향이라는 기술을 썼다. 그렇다고는 해도, 대부분의 젊은 작가들은 책장 위에 자기 자신의 모습을 묘사하는 것으로 시작한다. 이 이야기들 중 다수에서 우리는 거울이라기보다는 다른 사람의 눈에 비치는 젊은 커포티의 모습을 본다. 마치 커포티는 벌써 공감이 그의 예술에서 중심임을 이해하고 있었던 듯 보인다. 몇 년 동안의 글쓰기를 통해 갈고닦은 이런 능력 덕분에 커포티는 성공을 거둘 수 있었고, 궁극적으로는 1959년의 캔자스에 다다른다. 그의 걸작《인 콜드 블러드》에서 커포티는 자신들의 농장에서 총으로 살해당한 일가족의 사연을 말로 이야기한다기보다 행동으로 보여준다. 대부분의 사람들은 오로지 무의미하다고 넘겨버릴 사악한 범죄의 모든 면을 이해하고 묘사하기 위해 그는 닿을 수 있는 모든 재능, 특히 공감 능력을 사용했다.

커포티가 이 모든 단편을 쓰거나 퇴고한 정확한 날짜를 밝혀낼 수는 없었다. 이 단편 중 일곱 편은 처음 1940년과 1942년 사이 《그린 위치》에 발표되었다. 이 잡지는 커포티가 1939년부터 1942년까지 학생이었던 코네티컷 주의 그리니치 고등학교 문예지였다. 〈늪의 공포〉, 〈불꽃 속의 나방〉, 〈길이 갈라지는 자리〉, 〈루시〉, 〈힐다〉, 〈벨 랜킨 양〉, 그리고 학교 백일장에서 2등상을 탄 〈루이즈〉가 그 작품들이다. 우승자에 따르면, 커포티는 1등상을 타지 못해서 "격분"했다고 한다. 도로시 도일 게이번은 몇 년 후 한 신문에서 이렇게 회상했다. "[트루먼은] 바로 교실로 나를 찾아와서 내게 욕설을 했어요." 대략 1945년에서 1947년 사이에 쓰였다고 추정되는 〈비슷한 사람들〉은 커포티의 초기 시절 중 마지막 작품일 것이다. (이 소설에 등장하는) 도시적 배경과 삶에 찌든 인물들을 보면 뉴욕 시와 청년기를 경험하면서 그가 작가로서 얼마나 바뀌었는지를 알 수 있다.

이 이야기들은 철자와 일관성, 가끔은 명확성을 높이

기 위해 편집이 되기는 했으나, 의도가 명확할 때는 커포티가 가끔 쓰곤 했던 독특한 구두점 사용을 그대로 유지했다. 각 작품의 제목들은 커포티 본인이 붙인 것이지만, 딱 하나만은 수정되었다. 〈이것은 제이미를 위한 거예요〉라는 원고는 원래는 〈이건 제이미에게 있는 거예요〉라는 제목이었다. 작품 자체의 내용으로 봐서 커포티의 원래 제목은 실수임을 알 수 있다.

사후 출판은 신중함과 개방성 사이에서 균형을 잡아야 한다. 작가의 유지를 이어가기 위해서는 신중해야 하지만, 보통은 소수의 사람만이 접근해서 볼 수 있는 자료를 일반적인 독자와 공유하면서, 작가의 발전 과정에 관한 우리의 이해를 넓히기 위해서는 개방적이기도 해야하는 것이다. 이 작품집에는 그가 젊은 작가였을 때 썼던 모든 작품을 수록하지는 않았다. 커포티 문서 저장고에 보관된 몇몇 다른 단편들은 많이 미성숙했기 때문에 제외했다. (한 편은 그가 열한 살 때 쓴 것이었다.) '트루먼 커포티 문학재단'과 랜덤하우스, 그 외 커포티와 그의 작품에 대해 깊은 지식이 있는 단체들은 어떤 단편을 수록할지를 두고 숙고했다. 학자들과 학생들은 커포티 저장고를 방문하여 제외된 작품은 물론 여기 출간된 원본 원고를 검토할 수 있다.

트루먼 커포티가 1984년 로스앤젤레스에서 자던 중 사망했을 때, 그는 수백만의 독자들을 전율시킨 문학적 유산을 두고 떠났다. 그는 또한 불쾌한 공적 이미지를 남기고 떠나기도 했다. 술주정뱅이에, 신랄하며, 불성실하고, 어쩌면 가장 슬프게도 더 이상은 글을 쓰지 못하는 작가. 그 당시 그는 작품 활동을 하지 않았고, 글을 쓰지 않은 지도 몇 년이나 되었다. 사망 당시, 어떤 사람들은 그의 문학적 유산—《다른 목소리, 다른 방》, 《티파니에서 아침을》, 수십 편의 단편들, 그리고 《인 콜드 블러드》를 포함한 걸작들—에도 불구하고 그가 자신의 재능을 낭비했다고 느꼈다. 이런 초기 단편들은 이 마지막 이미지에 대조점을 준다. 자신의 재능을 최대치로 끌어올리려 타자기 앞에서 고심했던 젊은 작가. 텔레비전 토크쇼에 나와 웅얼거리던 모습이 아니라, 한 장마다 적확한 단어를 쓰려고 몰두하던 트루먼 커포티. 존 맥피는 한때 이렇게 쓴 적 있다. "일어난 모든 일이 그 후에 일어나는 모든 일에 영향을 끼친다는 것은 스포츠의 법칙이다." 이건 또

한 예술가의 법칙이기도 하다. 이 단편들에서 우리는 많은 이들이 사랑하는 작품들을 계속해서 써나가려 했던 트루먼 커포티의 모습을 분명히 볼 수 있다. 이 작품들은 완전히 꽃피기 전의 천재의 모습을 우리에게 보여준다.

데이비드 에버쇼프♦

♦ 미국 랜덤하우스 출판사의 편집자이자 소설《대니쉬 걸》의 저자.

옮긴이 박현주

전문 번역가, 소설가, 에세이스트. 옮긴 책으로《스밀라의 눈에 대한 감각》, '레이먼
드 챈들러 선집'(전5권), '트루먼 커포티 선집'(전5권), 찰스 부코스키의 소설들과
시집, 논픽션《바바리안 데이즈》등이 있고, 지은 책으로는 에세이집《로맨스 약
국》, 소설《나의 오컬트한 일상:봄 여름 편》《나의 오컬트한 일상:가을 겨울 편》이
있다. 한겨레신문에 '장르문학 읽기'를 연재 중이다.

내가 그대를 잊으면

2018년 9월 10일 초판 1쇄 인쇄
2018년 9월 18일 초판 1쇄 발행

지은이 | 트루먼 커포티
옮긴이 | 박현주
발행인 | 이원주
책임편집 | 황경하
책임마케팅 | 조용호

발행처 | (주)시공사
출판등록 | 1989년 5월 10일(제3-248호)

주소 | 서울 서초구 사임당로 82(우편번호 06641)
전화 | 편집 (02)2046-2817 · 마케팅 (02)2046-2881
팩스 | 편집 · 마케팅(02)585-1755
홈페이지 | www.sigongsa.com

ISBN 978-89-527-9385-0 04840
ISBN 978-89-527-6919-0(set)

「이 도서의 국립중앙도서관 출판예정도서목록(CIP)은 서지정보유통지원시스
템 홈페이지(http://seoji.nl.go.kr)와 국가자료공동목록시스템(http://www.
nl.go.kr/kolisnet)에서 이용하실 수 있습니다. (CIP제어번호: CIP2018027571)」